İtaatkar Öğrenci ve diğer hikayeler

Erika Sanders
Seri
Hakimiyet ve erotik boyun eğme

özet

Bu kitap aşağıdaki öykülerden oluşmaktadır:

İtaatkar Öğrenci güçlü erotik BDSM içeriğine sahip bir roman ve yüksek romantik ve erotik BDSM içeriğine sahip bir roman serisi olan Erotik Hakimiyet ve Teslimiyet koleksiyonuna ait yeni bir romandır.

(Tüm karakterler 18 yaş ve üzeridir)

Yazar hakkında not:

Erika Sanders, yirmiden fazla dile çevrilmiş, her zamanki düzyazısından uzak, en erotik yazılarına kızlık soyadıyla imza atan, uluslararası tanınmış bir yazardır.

Dizin:

İTAATKAR ÖĞRENCİ VE DİĞER HİKAYELER
ERIKA SANDERS

İTAATKAR ÖĞRENCİ

İLK BÖLÜM
TAVSİYE MEKTUBU

BÖLÜM I

Cynthia profesörün ofisinin önünde oturuyordu.

Final sınavları yaklaşıyordu, bu da profesörün öğrencilerle buluşmakla meşgul olacağı anlamına geliyordu.

Öğretmenin kapısı kapalıyken en az yirmi dakika bekledi.

Genelde sert olan bu öğretmeni beklerken biraz gergindim.

Kapı açıldığında öğretmenin, gitmeye hazırlanan başka bir öğrenciyle konuştuğunu gördü.

Diğer öğrenci ayrılırken Cynthia ayağa kalktı ve profesör dikkatini ona çevirdi.

Uzun boylu, iyi giyimli, evli ve elli yaşlarında bir adamdı.

"Cynthia, seni görmek çok güzel" dedi. "Randevunuz mu var?"

"Hayır. Üzgünüm Profesör. Bu son dakika meselesi."

"Eminim toplantılarla ilgili politikamı biliyorsunuzdur. Umarım önce randevu alınır, aksi takdirde kapımın önünde her zaman uzun bir kuyruk olurdu."

Güvenini kazanmak için derin bir nefes aldı.

"Bunun farkındayım. Ama şu anda burada kimse yok. Eminim benim için bir istisna yapabilirsin."

"Güzel. Çünkü sen çalışkan bir öğrencisin. İçeri gel."

Tuhaf bir gülümseme gösterdi ve ona ofisine girmesini işaret etti, ardından kapıyı kapattı.

Profesör masasının arkasında oturuyordu ve Cynthia da onun önünde oturuyordu.

"Size nasıl yardım edebilirim?" Koltuğunda rahatlayarak sordu.

"Eh, son zamanlarda çok düşündüm ve gelecek yıl için hukuk fakültesine başvurmaya karar verdim. Zaten giriş dersini aldım ve yüksek bir puan almayı başardım. Ortalamam da B+'nın üzerinde."

Onayladı.

"İlginç bir seçim. Hukuk fakültesinde çok başarılı olacağını düşünüyorum. Kolay değil ama kesinlikle bunu yapabilecek kişiliğe ve beyne sahipsin."

"Teşekkür ederim" diye gülümsedi.

"Sanırım benden bir tavsiye mektubu istiyorsun?"

"Bu yüzden buradayım. Sen istediğim ilk öğretmensin ve gerçekten bunu benim için yapacağını umuyorum."

"O halde ilk tercihin benim mi? Neden? Merak ediyorum."

Cynthia biraz korktuğunu hissetti.

"Eh, kendisi bu üniversitede çok iyi bir üne sahip. Ayrıca kendisi bölüm başkanı ve bence bu benim başvurumda iyi görünecek."

"Benim de en iyi hukuk okullarıyla bağlantılarım var. Bunu biliyor muydun?"

Çekingenlikle başını salladı.

"Biliyordum. Yani diğer öğrencilerden de duymuştum. Ama doğru olup olmadığından emin değildim."

"En iyi hukuk fakültelerinin bazılarının kabul komitesinde yer alan yakın arkadaşlarım var. Bu nedenle tavsiye mektuplarım çok yardımcı oluyor."

"Bana bir mektup yazmayı düşünür müsün?" çekingen bir ses tonuyla sordu.

"Yapamam" diye açıkça yanıtladı. "Maalesef çok geç kaldın."

"Neden? Hukuk fakültesi başvuruları için son tarih gelecek yılın başı."

"Doğru. Ama her dönem sonunda sadece iki tavsiye mektubu yazarım. Bu benim kişisel politikam. Aksi takdirde herkese mektup yazmak zorunda kalırdım. O zaman tavsiyelerimin hiçbir faydası olmaz, çünkü herhangi bir öğrencim bunu başarabilir. " Bir tane al Bu sana mantıklı geliyor mu Cynthia?

"Var."

"Daha önce gelseydin, o zaman bunu senin için yapardım. Sen son yıllarda sahip olduğum en yetenekli öğrencilerden birisin. Bu da çok şey ifade ediyor, çünkü bu üniversite yetenekli öğrencilerle dolu." "

"Eğer benim en iyi öğrencilerinizden biri olduğumu düşünüyorsanız neden benim için bir istisna yapmıyorsunuz?" diye yalvardı.

"Size söylemiştim. Benim kuralım dönem başına iki tavsiyedir. Her zaman kurallarıma uyarım. Öğretmenlik yıllarım boyunca hiçbir zaman istisna yapmadım. Hiçbir zaman."

Sakinliğini yeniden kazanmadan önce kısa bir süre başını aşağıda tuttu.

"Anladım" diye yanıtladı, ayrılmaya hazırlanırken. "Zaman ayırdığınız için teşekkür ederim Profesör."

"Bekle" dedi ve onu durdurdu. "Bu yıl emekli olacağımı biliyorsun değil mi?"

"Evet duydum."

"Bu benim o dönemdeki son dersim olacak. Sana gelecek yılın başında bir tavsiye mektubu yazabilirim ve sen de son başvuru tarihinden önce hukuk fakültesine başvurabilirsin. Bu benim kurallarım dahilinde olur."

Cynthia gülümsedi.

"Kulağa harika geliyor. Çok teşekkür ederim Profesör. Benim için gerçekten çok şey ifade ediyor."

"Yapacağımı söylemiyorum. Yapabileceğimi söylüyorum."

"Ah, peki ne yapmam gerekiyor?"

"Önce bana neden hukuk fakültesine gitmek istediğini söyle. Nihai hedefin nedir?"

Bir an iyi bir yanıt oluşturmayı düşündü.

"Eh, her zaman kadınların büyük bir savunucusu olabileceğim bir kariyer istedim. Kadın ve Toplumsal Cinsiyet Çalışmaları alanındaki bölümüm neredeyse bitti. Çeşitli konularda haber yapabileceğim bir gazeteci olmayı düşündüm. Ama Annem ve babam bana her zaman şöyle derdi: "Beni hukuk okumaya teşvik ettiler. Mezun olmaya çok yaklaştığım için tüm dönem boyunca bunu düşündüm . Uzun süre düşündükten sonra hukuk okumanın bana göre olduğuna karar verdim ."

Onayladı.

"Bu konuyu kesinlikle çok düşündün."

"Evet efendim, yaptım."

"Şu ana kadarki akademik başarılarınız ne durumda? Bilmem gereken bir şey var mı?"

Yine kendi kendine düşündü.

"Bazı derslerimde kadın hakları, farklı ırklardan kadınlar ve bu ülkedeki ve dünyadaki çeşitli sosyal meselelere odaklanan birkaç makale yazdım. Hepsinden A aldım."

"Bu şaşırtıcı değil. Bana çok zeki bir kız gibi geldin. Bu yönünü seviyorum."

"Teşekkür ederim," diye kızardı.

"Bahsettiğiniz tüm makaleleri bana e-postayla gönderin. Kararımı vermeden önce onlara bakmak istiyorum."

"Elbette."

"Senden gerçekten hoşlanıyorum Cynthia" dedi. "Bence son derece yeteneklisiniz. Sizin gibi kadınlar bu ülkenin geleceğidir. Eğer beni bir şeyleri değiştirmeye gerçekten ilgi duyduğunuza ikna edebilirseniz, o zaman ben de en iyi hukuk fakültelerindeki arkadaşlarımla bizzat iletişime geçeceğim ve her şeyi mümkün kılacağım. Seni içeri almak için. Bütün bunlar sana nasıl geliyor?"

"Kulağa harika geliyor, Profesör," dedi ışıltılı bir gülümsemeyle. "Eminim sunduklarımdan etkileneceksiniz."

"Buna hiç şüphem yok. Şimdi izin verirseniz, beş dakika sonrasına randevum var."

"Ah, elbette. Çok teşekkür ederim."

Cynthia ayağa kalktı ve masasının arkasında oturan profesörün elini nazikçe sıktı.

Ofisten çıktığında heyecanını kontrol altına almak için elinden geleni yaptı.

BÖLÜM II

Cynthia küçük dairesine döndüğünde doğrudan oda arkadaşının odasına gitti ve kapının ardına kadar açık olduğunu gördü.

Teresa, en son dedikodu sitelerine göz atmak için dizüstü bilgisayarını kullanarak yatakta yatıyordu.

"Bakalım tahmin edebilecek misin?" Cynthia retorik bir şekilde sordu. "Aslında sana açıkça söyleyeyim. Benim için bir tavsiye mektubu yazmayı kabul etti. Buna inanabiliyor musun?"

Cynthia odaya girdi ve oda arkadaşının yatağına oturdu.

"Bu harika! Onunla yalnız kalmak nasıldı? Tuhaf mıydı? Bu adam çok sert."

"Kesinlikle korkutucuydu, bunu söyleyebilirim."

"Ve sana bir mektup yazmayı kabul etti?" Teresa sordu. "Zeki öğrencilerin onun gibi aptallar tarafından reddedildiğine dair pek çok hikaye duydum."

Cynthia omuz silkti, "Sanırım onu iyi bir ruh halinde yakaladım." "Ama zor bir süreç olacak. Benimle biraz daha konuşmak istiyor ve gelecek yıl bana mektup yazacak."

"Gelecek yıl mı? Hukuk fakültesine erken başvurursanız kabulde küçük bir avantaj elde edeceğinizi okumuştum."

Cynthia gülümsedi.

"Biliyorum. Ama en iyi hukuk fakültelerinden bazılarıyla bağlantıları var. Ayrıca , eğer onu buna değer olduğuma ikna edebilirsem, benim adıma onunla kişisel olarak iletişime geçmeye istekli olacağını söyledi ."

"Ah, vay be! Bu muhteşem."

Teresa öne doğru eğildi ve arkadaşına kocaman sarıldı.

"Teşekkür ederim."

"Onu tam olarak nasıl ikna edeceksiniz? Bu adamı memnun etmek kolay değil."

Cynthia omuz silkti.

"Sanırım ona yazdığım bazı eski makaleleri göstermem gerekiyor. Kendisi bu konuda biraz belirsiz konuştu. Ama tüm bunlardan oldukça eminim. Sanırım benden gerçekten hoşlanıyor. Bir sürü güzel şey söyledi." "

"Peki, onların bağlantılarından faydalanmayı hak eden biri varsa o da sensin."

"Teşekkür ederim. Merak ediyorum. Umarım fikrini değiştirmez."

Teresa, "Fikrimi değiştirirsem bu dünyadaki en büyük pislik hareketi olurdu" diye yanıt verdi. "Ama asla bilemezsiniz. Ama fikrinizi değiştirmenizin hiçbir yolu yok."

Cynthia gülümsedi.

"Haklısın. Ama yine de onu etkilemem gerekiyor. Ne gerekiyorsa yapacağım. Güven bana."

"Bence de."

BÖLÜM III

Cynthia eski dosyalarını gözden geçirmeyi bitirdiğinde gecenin geç saatleriydi.

Yazdığı en çok beğenilen makalelerin hepsini düzenlemişti.

Daha sonra bunları bir dosyaya ekledi.

Ayrıca profesörün sınıfı için hazırladığı son ödevin son rötuşlarını da yaptı.

Mükemmel olduğundan emin olmak için son makaleyi birkaç kez okudu.

Bu onun geleceğinin anahtarlarını elinde tutma potansiyeli olan adamı etkileme şansıydı.

Her şeyi bir e-postaya ekledi ve profesöre bir mesaj yazdı:

"Merhaba, öğretmenim,

Umarım iyi yapar. Bugün benimle buluştuğunuz için çok teşekkür ederim. Senin son derece meşgul bir insan olduğunu biliyorum. Görmek istediğim tüm yazıları ekledim . Hepsinden A aldım.

Ayrıca onun dersi için önceden tamamladığım final projemi de ekledim. Umarım her şey tatmin edicidir. Benden başka bir şeye ihtiyacınız olursa veya tavsiye mektubuyla ilgili herhangi bir konuyu görüşmek üzere tekrar görüşmek isterseniz lütfen bana bildirin. Bütün bunları gerçekten takdir ediyorum.

Herşey gönlünce olsun,

"Cynthia"

E-postayı gönderdi ve rahat bir nefes aldı.

Dokümanları mümkün olduğu kadar çabuk profesöre göndermek için birkaç saattir, çok az dinlenerek bilgisayarının başında oturuyordu.

Akşam yemeğine zaman kala Cynthia, sosyal çevresinde nelerin yeni olduğunu görmek için Facebook güncellemelerini kontrol etti.

Gelen bir e-posta geldi.

Öğretmenin yanıtı şöyleydi:

"Ofisimde görüşürüz. Pazartesi sabah dokuzda."

Profesörün şifreli ve kısa yanıt e-postası Cynthia'nın kafasını biraz karıştırmıştı.

Ne kadar hızlı yanıt verdiğinden dolayı ekli belgelerden herhangi birine bakma zahmetine girip girmediğini ve son birkaç saati boşuna bu kadar çok çalışarak geçirip geçirmediğini merak etti.

Bu sırada başka bir e-posta aldı.

Öğretmenden başka bir cevap geldi :

"Tavsiye mektubunun şartlarını görüşeceğiz"

İstediği mesaj buydu.

Profesörün en iyi hukuk fakülteleriyle bağlantılarının ulaşılabilir olduğunu bilerek kendi kendine gülümsedi.

Yıllar süren sıkı çalışma nihayet meyvesini vermeye başladı.

Tek yapması gereken öğretmenin istediğini yapmaktı.

İKİNCİ BÖLÜM
ÖĞRENCİSİ KARARINI BELİRTTİ

BÖLÜM I

Pazartesi.

Sabah erkenden.

Cynthia yarı resmi bir takım elbiseyle profesörün ofisinin önünde bekliyordu.

Öğretmenine sofistike görünmek istiyordu.

Buna değer olduğunu kanıtlamak istiyordu.

Sabah tam dokuzda geldi.

Elinde küçük, sade bir kese kağıdı tutuyordu ve Cynthia onu selamlamak için ayağa kalktığında ona pek bakmadı.

El sıkıştılar, sonra ofisin kapısını açtı ve onu içeri aldı.

Sonra kapıyı kapattı.

Profesör masasını hazırlayıp bilgisayarını açarken, görünüşe göre odada önünde duran üniversite öğrencisini görmezden geldiğinde durum biraz garipti.

"Umarım iyi bir hafta sonu geçirmişsinizdir" dedi, gerilimi dağıtarak.

Profesör masasının arkasında oturuyordu ve Cynthia da onun önünde oturuyordu.

"Harika bir hafta sonu geçirdim" diye yanıt verdi. "Zamanımın çoğunu kağıtları tasnif ederek geçirdim. Ama aynı zamanda diğer aktiviteler için de zamanım vardı. Peki ya sen?"

"Genellikle okul işleri. Sınavlara çok çalışıyorum ve diğer dersler için ödevler yazıyorum."

Onayladı.

"Olması gerektiği gibi."

"Bundan bahsetmişken, sana gönderdiğim belgeleri okudun mu?"

"Hayır, yapmadım" diye açıkça yanıtladı.

"Ah, onlara ihtiyacım olduğunu düşündüm..."

"Onlara bakmayacağım Cynthia. Diğer dersler için yazdığın makaleleri okumakla ilgilenmiyorum. Bunun için zamanım yok."

"Bu, onları okumak zorunda kalmadan bana tavsiyede bulunacağın anlamına mı geliyor?" ihtiyatla sordu.

"Cevap vermedi. "Hala bunu kazanmak zorundasın."

"O zaman ne yapmam gerekiyor?"

Keskin bir bakışla ona baktı.

"Sen sağduyulu bir insan mısın, Cynthia?"

"Bu ne anlama geliyor?"

"Sır saklayabilecek kapasitede misin?"

"Ben her zaman güvenilir bir insan oldum. Neden?"

"Seninle çok ilgileniyorum" dedi. "Senden ilgimi çekti. Ama konuştuğumuz her şeyin gizli kalacağına dair bana söz vermelisin. Bunu yapabilir misin? Her şey yolunda giderse, söz veriyorum, seni hangi okula göndermek için elimden geleni yapacağım." Sen istiyorsun. Ve ben her zaman sözlerimi tutarım."

Cynthia derin bir nefes aldı ve soğukkanlılığını korumaya çalıştı.

Konuşmanın nereye varacağından emin değildi ama sonuçtan memnun kaldı.

Onun yardımını istedi.

"Söz veriyorum. Konuştuğumuz her şey bir sır olarak kalacak."

Yavaşça başını salladı.

"Bunu duyduğuma sevindim."

"Bunun neyle ilgili olduğunu sorabilir miyim? Hala benden ne istediğini anlamıyorum."

"Derslerimden üçünü aldın, değil mi?"

"İşte böyle."

"Her zaman ilgimi çektin" dedi. "Tanıştığımız günden beri sizi ilginç bir insan olarak görüyorum. Ve yazılarınızı okumaktan her zaman keyif aldım . Aslında dürüst olmak gerekirse bazen yazılarınızı hala okuyorum. Kadın hakları ve kadınların cinsel özgürlükleri konusundaki düşünceleriniz çok önemli. oldukça derin."

"Rabbime şükürler olsun".

"Senin için bir görevim var" dedi. "Bu tamamen gündem dışı. Kimse bilmeyecek. Elbette isteğe bağlı. Ama eğer bunu yaparsan, sana sınıfımdan otomatik olarak A veririm ve üst düzey bir hukuk fakültesine girmene yardım ederim."

Cynthia tereddütle başını salladı.

"Kuyu."

Sana verdiğim materyali okumanı istiyorum . Ve yarın sabah dokuzda konuyu tartışmaya hazır bir şekilde burada olmanı istiyorum."

Profesör kahverengi kese kağıdını aldı ve Cynthia'nın önündeki masasına koydu.

"Okuma ödevi neyle ilgili?" diye sordu şaşkınlıkla.

"Bu çantanın içindeki her şey senin için. Bunu bir hediye olarak kabul et. Gece geç saatlere kadar açma. Ben de uyumadan önce işaretli hikayeyi okumanı istiyorum. İlginç bakış açından dolayı senin içgörünü istiyorum. Kadınların sorunları. Bunu benim için yapabilir misin?"

"Olabilmek."

"Güzel," diye başını salladı. "Şimdi izin verirseniz yoğun bir gün geçiriyorum. Eminim bugün siz de meşgulsünüzdür ."

"Teşekkürler profesör."

Cynthia ayağa kalktı ve profesörün elini sıktı.

Daha sonra kahverengi çantayı aldı ve ofisten ayrıldı.

Çantanın içine bakmaya tenezzül etmedi.

Bakmaya çok korkuyordum.

BÖLÜM II

O gece Cynthia ışıklar hâlâ açıkken yatakta yattı.

Zorlu akşam çalışma rutinini yeni bitirmişti.

Gözleri acıyordu.

Ve zihinsel olarak yorgundu.

Yatağının yanındaki masaya baktığında kahverengi çantayı gördü.

Neredeyse unutmuştu.

Yani gece henüz bitmemişti.

Yatağa oturup çantayı aldı.

Cynthia çantayı açtığında gördüğü manzara karşısında şok oldu.

Orta büyüklükte, erkek penisine benzeyen pembe bir yapay penis vardı.

Onu aldı ve bir hata olup olmadığını merak ederek baktı.

Belki öğretmen bana yanlış çantayı verdi?

Neden buna sahip?

Ancak hiçbir hata olmadığı sonucuna vardı.

Profesörün bu tür hatalar yapamayacak kadar titiz ve zeki olduğunu düşündü.

Yapay penisini yatağının üzerine koydu ve çantanın dibine uzandı.

Oradaki tek şey çok büyük bir kitaptı.

Eski ve yıpranmıştı.

Kapağa baktı.

Birkaç BDSM hikayesinin derleme kitabıydı.

Dizine baktığında tüm hikayelerin seksle ilgili olduğunu gördü.

Ve sadece herhangi bir tür seks değil, aynı zamanda tahakküm ve itaat hikayeleri.

"Bu bir cinsel tacizdir!" Düşünce.

Cynthia kitabı kapattı ve yakındaki masanın üzerine koydu.

Kızgındım, şaşkındım ve üzgündüm.

Nasıl hissedeceğini bilmiyordu.

Sonra öğretmenin okumanın isteğe bağlı olduğu yönündeki yorumunu hatırladı.

Ne isterse yapması gerektiğini düşünüyordu.

Ama o zaman da hiçbir şey alamayacaktı.

Birkaç dakika düşündükten sonra hiçbir hasar olmadığını fark etti.

Sadece bir kitaptı.

Tek yapması gereken, alacağı puanı okumak ve bunu öğretmenle tartışmaktı.

Daha sonra öğretmenin yardımını alacaktı.

Yapay penis daha sonra ait olduğu yere, çöp kutusuna gidecekti.

Derin bir nefes aldıktan sonra kitabı aldı ve rahatlamak için yastığa yaslandı. Kitabın ortasında bir ayraç vardı. Öğretmenin kendisine verdiği hikayeyi bulmak için açtı.

Okumaya başladı.

~~~

Hikaye özeti:

Erika bağımsız bir kadın, sanatçı ve kadın hakları feminist aktivistiydi.

Şehir merkezinde başarılı bir sanat galerisi işletti.

Kendisine kendi çalışmalarından bazılarını satmayı teklif eden Robert adında bir adam ona yaklaşır .

Fotoğraflarını gösteriyor ve fotoğraflarında ortaya çıkan resimlerden çok etkileniyor.

Ancak küçük stüdyosunu ziyaret ettiğinde çalışmalarının çoğunun BDSM ile ilgili olduğunu ve bunun fotoğraflarında görünmediğini keşfeder.

Duvarda bağlı ve memnun kadınların resimleri vardı.

Erika kibarca Robert'a resimlerinin içeriğiyle aynı fikirde olmadığını söyler ve ardından bir sanat eseri satın alma teklifini reddeder.
~~~

Günler sonra Robert onunla iş ilişkisi istemeye devam eder.

Ona daha fazla fotoğrafını e-postayla gönderdi; bu sefer bu fotoğraflarda kadınların bağlı ve ağzı tıkalı olduğu görülüyor.

Daha sonra yoğun orgazmın çeşitli hallerindeki kadınların fotoğrafları vardı.

Erika bu görüntüler karşısında çelişkiye düştü.

Ahlaksız olduklarını ama zevkli olduklarını düşünüyordu.

Kesinlikle onu bir şekilde teşvik ediyorlardı.

İlgisini çekmişti.

Olası bir anlaşmayı görüşmek üzere onunla tekrar görüşmeyi kabul etti.

Robert, küçük stüdyosunda onu BDSM'nin o kadar da kötü olmadığına ikna etti.

Onu bunun güzel bir şey olduğuna ve kadınların çok zevk aldığına ikna etti.

Erika şüpheciydi ama Robert'ın isteği üzerine hafif esareti deneyimlemeyi kabul etti.

Bu ona Erika'yı yeni BDSM fetişi olarak seçmenin kapısını açtı.

~~~

Hikayeyi okuduktan sonra Cynthia kendini biraz heyecanlı buldu.

Yaklaşan final sınavlarının stresi nedeniyle seks aklımdaki son şeydi ama tarih bunu değiştirdi.

Bacaklarının arası ıslaktı.

Karakterlere hayran kaldım.

Hikâyedeki kadın karakterin bağlanıp cinsel amaçla kullanılması fikri onu büyüledi.

Birdenbire kahverengi çantalı yapay penis artık o kadar da kötü bir fikir gibi görünmemeye başladı...
~~~

BÖLÜM III

Sonraki gün.

Cynthia öğretmen masasının önünde oturuyordu.

Tek kelime etmeden sadece ona baktı.

Kahvesinden bir yudum daha aldı.

Sessizlik uzadıkça yeniden bir araya gelmesi daha da rahatsız olmaya başladı.

"Bunun sana nasıl hissettirdiğini bilmek istiyorum" dedi sessizliği bozarak. "Zihninizin nasıl çalıştığını her ayrıntısına kadar bilmek istiyorum. Bu sizin için uygun mu?"

"Ben."

"Sana verdiğim hikayeyi okudun mu?"

"Öylc yaptım. İyi yazılmış olduğunu düşündüm."

"Bu konuda başka ne düşündün?" diyc sordu. "Ana karakterin evrimi hakkında ne düşünüyorsunuz?"

Cynthia bir an durakladı.

"Ana karakterin evriminin birçok insan için ortak olduğunu düşünüyorum. Yıllar boyunca cinsellik üzerine birçok araştırma yaptım. İnsanlar hayatları boyunca sürekli olarak fetişlerini keşfediyorlar. Cinsel keşifte kesinlikle yanlış bir şey yok" insan olmak."

"Sizce bu hikaye gerçekçi miydi? Böyle bir şeyin dindar bir feministin başına gelebileceğini düşünüyor musunuz?"

"Neden?" Cevap verdi . "Bu hikayedeki karakter de herkes gibi insan. Onun feminist olduğu gerçeği muhtemelen baskın bir erkeğe itaatkar olma tabusunu körükledi. Birinin feminist olması onun tatmin edici bir seks hayatından keyif alamayacağı anlamına gelmez." ".

O gülümsedi.

"Sen çok zeki bir kızsın. İçgörülerini dinlemek hoşuma gidiyor."

"Bu tavsiyeni hak ettiğim anlamına mı geliyor?"

"Henüz değil. Sana verdiğim oyuncağı kullanıp kullanmadığını bilmek istiyorum. Onu hikayeyi okurken kendi üzerinde mi kullandın? Yoksa daha sonra mı kullandın?"

Yüzünde şaşkın bir ifade belirdi.

"Bu ne anlama geliyor?"

"Yapay penisi kendi üzerinde mi kullandın?"

"Ben...bunun seni ne kadar ilgilendirdiğini anlamıyorum."

"Söyledikleriniz gizli kalacak. Yıl sonunda emekli oluyorum, unuttunuz mu? Birkaç hafta sonra beni bir daha görmeyeceksiniz."

Bir an düşündü.

"Hikâyeyi okuduktan sonra yapay penisi kendim kullandım."

"Ne düşünüyordun?"

"Hikayenin sonundaki ana karakter hakkında. Bilirsin, bağlanması."

"Her zaman bir esaret fetişin var mıydı?" O sordu .

"Bunun uygun olduğunu düşünmüyorum. İstediğiniz her şeyi zaten yaptım."

"Hala çok zamanımız var" diye yanıtladı. "Sen çok özel bir kızsın. Çok çalışıyorsun ve çok kararlısın. Bu nitelikleri takdir ediyorum ve hayatın zevklerini yaşamanı istiyorum. Seni kandırmaya çalışmıyorum. Bu konuda bana güvenmelisin."

"Benden ne istiyorsun?"

"Şu anda sana başka bir görev veriyorum."

"Bu son mu olacak?"

"Belki" diye yanıtladı. "Şu anda dersimden A aldın. Hepsi bu. Eğer beni dinlersen, bağlantılarımı senin adına kullanırım."

"Güzel," diye başını salladı.

"Kitaptaki yedinci hikayeyi oku. Sonra yapay penisle mastürbasyon yapmanı istiyorum. Yarın tekrar buluşacağız. Hikaye hakkında konuşacağız. Ve bana orgazmla ilgili her şeyi anlatmanı istiyorum. Yapabilir misin?" "

"Evet."

"Güzel. Ayrıca ofisimde buluşmayacağız. Yarın sabah sana buluşma yerini göndereceğim. Anladın mı?"

"Bağlantılarını benim için kullanacağına söz verir misin?"

"Söz veriyorum."

"O zaman bu bir anlaşma."

ÜÇÜNCÜ BÖLÜM
ALT KISIM KIZILDI

30

BÖLÜM I

Aynı gecenin ilerleyen saatlerinde.

Cynthia ve Teresa akşam yemeğinden sonra bulaşıkları birlikte yıkadılar.

Birlikte yemek de pişirmişlerdi.

Kurutup bulaşıkları rafa yerleştirdikten sonra Teresa havluyu bıraktı ve tezgaha yaslandı.

Teresa "Bu hayatımın en kötü son haftası" diye inledi. "Neden biyoloji alanında uzmanlaşmak zorunda kaldım?"

"Çünkü hayatında iyi şeyler yapmak istiyorsun. Buna değecek."

"Yani öyle düşünüyorsun?"

"Umarım öyledir," Cynthia omuz silkti.

"Eh, bu güven verici."

Cynthia da mutfak tezgahına yaslanıp en yakın arkadaşına baktı.

"Ne kadar ilerlediğimize inanamıyorum" dedi. "Gençken yetişkin olmaktan bahsederdik. Şimdi bize bakın. Harika bir kariyere sahip olmak üzereyiz."

Teresa gülümsedi.

"Bir dönem daha geçtikten sonra artık oda arkadaşı olmayacağız. Bunu düşünmek bende ağlama isteği uyandırıyor."

"İyi olacağız. En iyisi bu."

Teresa başını salladı.

"Haklısın. İşler böyle giderse ülkedeki en iyi hukuk fakültesine gidiyorsun."

"Bu anlaşma henüz yapılmadı."

"Bu adama neler oluyor? Neden o lanet şeyi yazıp normal bir profesör gibi bu işi bitirmiyor?"

Cynthia, "Sadece ayrıntılı olmak istiyor, hepsi bu" diye yanıtladı. "Sanırım akademik geçmişim ve gelecek hedeflerim hakkında bir sonraki soru turundan sonra bitireceğiz. Ve bu tür şeyler."

kötü bir kelime oyunuyla , "Daha iyisini bilmeseydim, bu adamın seninle bir şeyler yapmakla ilgilendiğini söylerdim" dedi .

"Sana bunu ne söyletiyor?"

"Sınıfta sana seslenme şekli. Sana bakış şekli. Zaten benim için de gayet açık."

"Sınıfta herkese aynı davranıyor. Üstelik evli."

Teresa, "Son zamanlarda seninle bu kadar çok zaman geçirmem çok tuhaf" dedi. "Ona aşık olma ihtimalin var mı?"

"HAYIR!" Cynthia eğlenerek ve dehşetle karşılık verdi. "Nasıl böyle bir şey söyleyebilirsin?"

Teresa komik bir surat yaptı.

"Tanrım. Sadece merak ediyordum. Tanrım. Bu kadar savunmacı olma."

"Her neyse, daha sonra bu konuda şaka yapmak için bolca vaktim olacak. Şu anda ders çalışmam gerekiyor. Acımasız sınavları olan tek kişi sen değilsin."

"O zaman kitaplara gitsek iyi olur."

"İşte böyle."

BÖLÜM II

Kapıyı kapattıktan sonra Cynthia yastığa yaslanarak rahatça yatağa uzandı.

Çalışmayı en çok sevdiği pozisyondu.

Derslerindeki kitapları ve notları hızla gözden geçirdi.

Zaten hazırlanmıştı ve her şey planlananın ilerisindeydi.

Malzemeyi kapattı ve kısa bir süre gözlerini dinlendirdi.

Öğretmenin ödevi hâlâ beklemedeydi.

Bir an Teresa'nın ona küçük bir aşık olmaya başladığı konusunda haklı olup olmadığını merak etti.

Onun üzerinde sahip olduğu güç büyük bir tabuydu.

Cynthia okul eşyalarını bir kenara koydu ve büyük BDSM kitabını aldı. Yataktaki rahat pozisyonuna döndü ve yedinci hikayenin kitabını açtı.

Okumaya başladı.

~~~

Hikaye özeti:

Samantha başarılı bir iş kadınıydı.

Şirketin ofisinde büyük bir ofisi vardı.

Güçlü adamlara emir vermeye alışmıştı.

Çalıştığı şirket başka bir şirket tarafından satın alınmıştı.

Aniden yeni bir erkek patronu vardı.

Samantha'nın yeni patronu geçmişte birlikte çalıştığı herkesten çok farklıydı.

Yeni patron onun güzelliğinden korkmamıştı.

Kendine güven yayıyordu ve Samantha'nın seksiliği onda işe yaramadı.

Kendisini hemen sorumlu kişi olarak kabul ettirdi.
~~~

Kendisini onların üstü olarak kabul ettirdi.

Hikâyenin sonunda, itaatkar olduğunu bildirmek için kocası her hafta özel ofisini ziyaret ediyordu.

Samantha kendini masasının üzerinde bağlanmış ve kırbaçlanmış halde buldu.

Kendisine en uygun deliği kullandı.

Bazen ağzını sikti, bazen de onu anal olarak sikti.

Bu onun şirketteki yeni göreviydi.

~~~

Cynthia kitabı kapattı ve kollarını ve bacaklarını yatağa açtı.

Bacaklarının arasında bir karıncalanma hissi vardı.

Bir erkeğin güçlü bir kadını cinsel açıdan aşağıladığı bir hikayeden etkilenmek, içten içe kendisini suçlu hissetmesine neden oluyordu.

Ama yine de heyecanlıydı.

Öğretmenin görevi açıktı: yapay penis kullanmasını istiyordu.

Seks oyuncağını almak için çekmecesine uzandı.

Daha sonra alt elbisesini tamamen çıkardı.

Bacaklarını açarak yatağa uzandı ve parmaklarıyla amını okşamaya başladı.

Yeterince uyarılıp ıslandığında seks oyuncağını içeriye soktu.

Oyuncak amının içine girip çıkıyordu.

Gözlerini kapalı tuttu.

Kitaptaki kadın karakterin masasına bağlıyken ağızdan sikildiğine dair müstehcen düşünceler hayal etti.

Teresa'nın onu duymaması için mastürbasyonunu sessiz tutmaya çalıştı.

Zihni meşguldü ve seks oyuncağını yönlendiren parmakları da öyle.

Çok geçmeden ayak parmakları kıvrıldı ve sırtı hafifçe büküldü.

Yüksek inleme sesleri çıkarmamak için ağzını kapattı.

O geldi.
~~~

Daha sonra bedeni rahatladı ve büyük bir mutluluk duygusuyla yatağa uzandı.

Çok kirli bir fanteziydi.

Keşke bunu daha erken keşfedebilseydim...

BÖLÜM III

Sonraki gün.

Saat sabahın sekiziydi.

Cynthia, profesörün kendisine e-postayla gönderdiği talimatları izlemişti.

Ofis tipi kalem etekle birlikte hoş bir düğmeli üst giyiyordu.

Ofisinde buluşmak yerine, anahtarıyla kilidini açtığı boş bir sınıfın önünde buluştular.

Kese kağıdı taşıyordu.

Sınıfa girdikten sonra kapıyı kilitledi.

"Oturun" dedi ışıkları açarken.

Cynthia boş odada yürürken neredeyse şakacı bir tavırla "Bugün biraz gerginim" dedi.

"Çünkü?"

"Yaptığımız her şey. Bu sınıfta."

"Sinirlenmeyin" diye yanıtladı. "Olmana gerek yok."

"Umarım değildir."

Cynthia büyük sınıfın ön sırasında oturuyordu.

"İyi seçim." gülümsedi. "İyi kızlar her zaman ön sırada oturur. İyi kızlardan hoşlanırım."

"Bunu daha önce yaptın mı?"

"Neyi yaptım?"

"Bu," diye yanıtladı. "Tavsiye mektubunuz veya iyi bir not karşılığında başka öğrencilere sizin için cinsel şeyler yaptırdınız mı?"

"Prestijli bir akademik kariyerim var Cynthia. Rastgele öğrencilerden iyilik isteyerek itibarımı riske atmazdım."

"O zaman bunu bana neden yapıyorsun?"

"Çünkü sen özelsin." dedi net bir şekilde. "Seni ilk gördüğüm andan beri ilgimi çektin. Sınıfta her konuştuğunda ve çalışmalarını her okuduğumda ilgimi çektin. Sen özel bir insansın. Ve sen şimdiye kadar sahip olduğum en güzel öğrencisin."

"Gurur verici sözler ama cinsel tacizden dolayı sana karşı şikayette bulunmayacağımı nereden biliyorsun ? Bunu daha önce başka erkeklerle de yapmıştım."

"Yapmayacaksın. Bunu şimdi bitirmeye çok kararlısın. Bende çok istediğin bir şey var. Peki şimdi başlasak mı? Ne kadar erken başlarsak işimiz o kadar çabuk biter."

Yavaşça başını salladı.

"İleri."

"Dün geceki hikayeyi okudun mu?"

"Yaptım."

"Bu konu hakkında ne düşünüyorsun?"

Bir an düşündü.

"Bunun heyecan verici olduğunu düşündüm. Daha önce hiç bu türr şeyler okumamıştım. Her zaman cinsiyetin kadın ve erkek arasında eşit olması gerektiğini hissettim. Her şey eşit olmalı. Ve açıkçası politik eğilimlerim feminist tarafta. Ama bu çok zordu. Onu okumak heyecan verici. Onu sevdim."

"Yine yapay penisle mastürbasyon yaptığını varsayıyorum."

"Yaptım."

"Bunu yaparken özellikle ne düşündün?" diye sordu.

"Kadın karakter masasına bağlı. Kullanılıyor. Bu tür bir şey. Bu hikayenin en erotik kısmıydı."

Profesör kahverengi çantasını işaret etti.

"Bu sahnenin hoşunuza gideceğini düşündüm. Şans eseri hazırlıklı geldim. Ve şans eseri büyük bir masası olan boş bir sınıftayız. Yeni bir şey denemek ister misiniz?"

"Ben sanmıyorum ki ..."

"Kapı kapalı Cynthia. Kimse bilmeyecek. Ve asla söylemeyeceğim. Kaybedecek çok şeyim var. Yıl sonunda emekli oluyorum ve beni bir daha asla görmek zorunda kalmayacaksın. Ayrıca sana yardım edebilirim. burslar ve eğitiminizi daha ekonomik hale getirecek diğer yöntemlerle birbirimize yardımcı olabiliriz."

Bir an duygusal olarak mücadele etti.

"Bilmiyorum. Ben o tür bir insan değilim."

"Bütün işi ben yapacağım. Hiçbir şey yapmana gerek yok. Sana oral ya da vajinal yoldan girmeyeceğim. Sadece keşfetmek istiyorum."

"Ya durmak istersem?" diye sordu.

"O zaman duracağız."

"TAMAM AŞKIM."

"Sınıfın önüne gelin. Karnınız öğretmenler masasına gelecek şekilde uzanın."

Cynthia ayağa kalktı ve baş masaya doğru yürüdü.

Cesur bir yüz sergilemek için elinden geleni yaptı.

Bu, bir erkekle aşılacağını hiç düşünmediği bir çizgiydi ama öyleydi.

Eğitimini ilerletmek adına vücudunun kendisinden çok daha yaşlı bir öğretmen tarafından kullanılmasına izin vermeye hazırdı.

Bunu kimsenin bilmeyeceğine kendi kendine yemin etti .

Karnını ve göğsünü boş sınıfa bakacak şekilde masaya dayadı.

Neredeyse utanç içinde gözlerini kapattı.

Profesörün arkasından yürüdüğünü duydu.

Sonra adamın ellerinin yavaşça ofisteki kalem eteğinden yukarıya doğru kaydığını hissetti.

"Sakin ol" dedi. "Sana karşı iyi olacağım. Benim yanımda güvendesin."

Öğretmen yavaşça külotunu indirdi ve o da çıkarabilmek için her ayağını kaldırdı.

Elbisesi yukarı çekilmiş ve külotsuzken kendini savunmasız ve korunmasız hissediyordu.

Kese kağıdının gıcırdayarak açıldığını duydu.

Gözlerini kapatarak devam etti.

Bakmaya çok korkuyordum.

Daha sonra ayak bileklerinin yumuşak bir iple bağlandığını hissetti.

Direnmedi ve itiraz etmedi.

Çok çabuk oldu.

İki kere düşünmeden ayak bilekleri masanın ayaklarının ucuna bağlanmıştı.

Profesör masanın etrafında dolaştı ve işlemi bilekleriyle tekrarladı.

Aynı derecede hızlı bir işlemle Cynthia'nın bilekleri masanın ucuna bağlandı.

Tamamen zapt edilmiş ve bağlıydı.

"Lütfen rahatlayın" dedi. "Böyle her şey daha kolay olacak."

Öğretmen Cynthia'nın çıplak poposuna nazikçe tokat attı.

Bu onun için bir şok ve sürprizdi.

Bu gözlerinin büyümesine neden oldu.

Küçükken bile hiç dayak yememişti.

Bu yeni bir duyguydu.

Durumu duygusal olarak sindiremeden bir şaplak daha geldi.

Sonra bir başkası.

Nazik şaplaklar giderek sertleşiyordu.

Şaplak sesleri üniversitenin büyük sınıfında yankılanmaya başladı.

"Nasıl hissediyorsun?" ona babacan bir tavırla sordu. "Bunu halledebilecek misin?"

"Biraz acıyor."

"Yakında bitecek. Ne kadar çabuk boşalırsan işimiz o kadar çabuk biter."

Gözleri açık kaldı.

Boşalmam ne kadar sürer?

Onu orgazm etmeye niyetlendi ama kadın direnmedi.

Karşı koymadı.

Ona defolup gitmesini söylemedi.

Feminist değerleri aşınıyordu ve içten içe bundan hoşlanıyordu.

Profesörün kahverengi çantasına uzandığını duydu.

Gergindim ve ne bekleyeceğimi bilmiyordum.

Çantayı düşürdüğünde aradığı şeyi buldu.

Açıkta kalan sırtına bir tokat daha geldi.

Bu onun eliyle değildi.

Artık küçük bir lastik küreğim vardı.

Kürek çıplak elinden daha çok acıtıyordu.

Bir batma hissi yaşadım.

Çıplak kıçını dövmeye devam etti.

Daha çok acımaya başladı.

Poposu parlak kırmızı bir tona dönüştü.

Alt dudağını ısırdı ve aptal küçük bir kız gibi ağlamamaya çalıştı.

Otoriter ve güçlü öğretmeninin önünde zayıf görünmek istemiyordu.

Acı büyüdü.

Öğretmen giderek daha sert vurmaya devam etti.

Ağlamak istedi.

Aniden durdu.

Küreği masaya koymasını dinledi ve ardından yanan poposunu nazikçe okşamak için diz çöktü.

Nazik bir şekilde ovuşturdu.

Ona yumuşak öpücükler verdi.

Sonra uzanıp onun şişmiş klitorisiyle oynadı.

"Ah..." diye inledi.

Şaplaklama sırasında ses çıkarmaktan kaçınabildi, ancak bunun nedeni şişmiş klitorisinin doğrudan uyarılması değildi.

Profesör iki parmağıyla hızlı, dairesel hareketlerle klitorisini ovuşturdu.

Diğer eliyle ağrıyan poposunu okşamaya devam etti.

Sanki tapıyormuşçasına kıçını usulca öpmeye devam etti.

Hatta birkaç kez yaladı.

"Sanırım boşalacağım" diye itiraf etti utanç verici bir şekilde.

"Benim için boşal tatlım. Benim küçük seks kedim ol ve harika bir orgazm yaşa."

Yüzünü kadının ağrıyan poposuna bastırdı ve öfkeyle klitorisini ovmaya devam etti.

Cynthia'nın gözleri geriye döndü.

Ağzı sonuna kadar açıktı.

Vücudu gerildi.

Sırtındaki ve bacaklarındaki kaslar kasılmıştı ama uzuvları masaya bağlı olduğundan hareket etmesi mümkün değildi.

Ağzından yumuşak inlemeler kaçtı.

Kısa süre sonra, sıcak kedisinden berrak sıvılardan oluşan küçük bir nehir fışkırdı.

Profesör her şey bitene kadar parmaklarıyla hareketlerini durdurmadı.

Sonra kıçına bir öpücük daha verdi.

Profesör ayağa kalktı ve Cynthia'yı yüzünün yanından öptü.

Saçlarını da birkaç kez öptü.

Profesör Cynthia'yı çözdüğünde cenin pozisyonunda yere oturdu.

Vücudu jöle gibiydi.

Gücü tükenmişti.

Profesör onun yanında yere oturdu.

"Harikasın" dedi. "Gerçekten harika."

"İstediğin bu muydu?" derin bir nefesle cevap verdi.

"İstediğimden fazlasıydı. Gerçekten harikasın."

"Bu işimizin bittiği anlamına mı geliyor?" Bitmesini isteyip istemediğinden emin olamayarak sordu.

henüz bağlantılarımı kazanmadın. Devam edersen seni kazanmak için elimden geleni yapacağım." İstediğin hukuk fakültesine gir. Ben de her şeyin parasını ödeyebileceğin burslar bulmana yardım edeceğim."

"Bunu yapmak zorunda mıyım?"

"Şimdi diğer sınavlarına çalışmaya devam etmeni istiyorum. Sen A tipi bir öğrencisin. Öyle davranmalısın."

"Ve daha sonra?" diye sordu. "Sınavlara girdikten sonra ne olacak?"

"Bir yere gitmeyi mi planlıyorsun? Ailenin evine yakın mı yaşıyorsun? Yoksa ortak yurtta mı kalıyorsun?"

"Oda arkadaşımla aynı daireyi paylaşıyorum. Final haftasından sonra ikimiz de eve gidiyoruz. Planlanmış uçuşlarımız var. Neden?"

Profesör elini saçlarının arasından geçirdi.

"Uçuşunuzu iptal edin. Birkaç gün sonrasına yeniden planlayın."

"Ama ailem? Yakında eve dönmemi bekliyorlar."

"Sadece birkaç güne ihtiyacım var. Onlara okul için önemli bir projeyi tamamladığınızı söyleyin. Anlayacaklardır."

"Ne yapacağız?" diye sordu.

"Oda arkadaşın gittiğinde daireni ziyaret etmek istiyorum. Nasıl yaşadığını görmek istiyorum. Seninle vakit geçirmek istiyorum. Birlikte yalnız kalmak istiyorum. Seni kişisel düzeyde merak ediyorum. Daha önce de bahsetmiştim, seninle çok ilgileniyorum." . Beni büyülüyorsun".

"Peki ya... cinsel açıdan... Benim için planların neler?"

O gülümsedi.

"Bunu çözeceğiz."

"Benimle dalga geçmeyeceksin. Bir erkek arkadaşım var ve çizgiyi burada çiziyorum."

"O halde benim için ne yapabilirsin?"

Bir an düşündü.

"Bana yine şaplak atabilirsin."

"Sikimi emer misin?"

Tereddütle başını salladı.

"Tamam. Ama bu kadar."

"Gitsek iyi olur. Külotunu unutma. Masanın üstündeler. Ve planlarımızı da unutma. Söz veriyorum, her şeye değecek."

Bunun üzerine profesör ayağa kalktı ve ipleri ve küreği kahverengi çantaya geri koydu.

Daha sonra onu oturma odasında yalnız bırakarak gitti.

Cynthia düşüncelerini toparlarken cenin pozisyonunda oturmaya devam etti.

Orgazm hissi hala vücudunda akıyordu.

Kölelik deneyimini sevip sevmediğini ya da bundan nefret edip etmediğini hâlâ anlayamıyordu.

Ancak arkasında bıraktığı küçük sıvı birikintisi ona cevabı verdi.

DÖRDÜNCÜ BÖLÜM
ANLAŞILANLARIN ÖTESİNDE

44

Bir hafta sonra.

Cynthia evinin dışında gelişen manzarayı görmek için dairesinin penceresinden dışarı baktı.

Yalnızdım.

Teresa tüm final sınavlarını tamamladıktan sonra çoktan ayrılmıştı.

Cynthia da gitmeliydi.

Şimdiye kadar ailesiyle birlikte evde olması gerekirdi.

Onun yerine profesörü bekliyordu.

Ona zaten adresi vermiştim.

Meditasyon halinde onun gelmesini bekledi.

Oldukça mavi bir elbise giymişti.

Zarif ve rahattı.

Çıplak ayaklıydı ve elbisesinin altına hiçbir şey giymemişti.

Profesörle yaptığı her şey doğasına aykırıydı.

Birlikte büyüdüğü güçlü değerlere karşıydı.

Ve bu, geleceğin avukatı olarak savunmak istediğim değerlere aykırıydı.

Ama öğretmeni ona hayatının en güzel orgazmını yaşatmıştı.

Her gün o orgazmı düşündüm.

Her gece öğretmeni düşünerek mastürbasyon yapıyordu.

Ne planladığını merak ediyordu.

Sokak kapısının zili çaldı ve profesörün binaya girmesine izin verdi.

Apartmanın kapısını açıp onu bekledi.

Asansörden dairesinin zeminine çıktığında kadın ona gülümsedi.

Yarı gündelik bir kıyafet giymişti ve elinde kahverengi bir kese kağıdı taşıyordu.

Birbirlerine selam verdiler ve sanki orada yaşıyormuş gibi güvenle dairesine girdi.

Cynthia kapıyı kapattı ve ayakkabılarını çıkardıktan sonra odaya baktı.

"Güzel bir yer" dedi odayı incelemeye devam ederken.

"Teşekkür ederim. Oda arkadaşımla neredeyse dört yıldır burada yaşıyorum. Elimizden gelenin en iyisini yaptık."

"Bunu oda arkadaşına anlattın mı?"

"Hayır. Tanrı aşkına, hayır. Kimseye söylemedim. Asla da söylemeyeceğim."

"Devam etmeliyim," diye başını salladı. "Bu elbiseyle muhteşem görünüyorsun. Açılmayı bekleyen bir hediye gibisin."

"Teşekkür ederim" diye yanıtladı tedirgin bir şekilde. "Sana içeçek bir şey getiriyim mi?"

"Ben iyiyim. Oturup konuşmamızın bir sakıncası var mı?"

"Elbette."

İkisi de oturma odasındaki kanepeye oturdular.

"Sana bir hediyem var" dedi.

Kahverengi çantaya uzandı ve Cynthia'ya bir zarf uzattı.

Açtı ve üzerinde üniversitenin resmi işaretlerinin ve unvanlarının yer aldığı, daktiloyla yazılmış bir mektup gördü.

Hızlıca sayfayı çevirdi.

şüphesiz şimdiye kadar tanıştığı en zeki öğrenci olduğunu söyleyen profesörün yazdığı parlak bir tavsiye mektubuydu .

Ayrıca onun ahlaki karakterini ve çalışma ahlakını hararetle övdü.

Hatta Cynthia'nın kadın haklarına olan tutkusuyla ilgili uzun bir açıklama bile vardı.

"Ben... suskun değilim" demeyi başardı. "Bu harika. Benim için yazılmış olabilecek her şeyden daha iyi."

"Muhtemelen o mektuba ihtiyacınız olmayacak. Üst düzey bir hukuk fakültesinde çalışan eski bir arkadaşımla konuştum. Başvurunuz özel bir değerlendirmeye tabi tutulacak."

"Ne okulu?"

"Daha üst bir seviye. Orada çok mutlu olacaksın. Ayrıca burs imkanları konusunda da insanlarla konuştum. Bugünlerde her şey ayarlanacak."

Ellerini onun göğsüne koydu.

"Bunun beni ne kadar mutlu ettiği hakkında hiçbir fikrin yok. Yani, VAY. Bu umabileceğimden çok daha fazlası. Bu gerçekten hayatımı değiştirecek."

"Daha önce bir öğrenci için bu kadar çok şey yapmamıştım. Bunu sadece senin için yapıyorum."

"Ne diyeceğimi bilmiyorum".

"Bir şey söylemene gerek yok." dedi sert bir tavırla. "Minnettarlığınızı ifade etmek istiyorsanız elbisenizi çıkarın."

Ayılma anıydı.

Kaygısız heyecan anı, karşılanması gereken koşulların olduğu gerçeğiyle karşılandı.

Derin bir nefes aldı ve ayağa kalktı.

Gözleri birbirlerine odaklanmıştı.

Parmakları mavi elbisesinin altını kıstırdı.

Daha sonra elbisesini başının üzerine kaldırdı ve ince bacaklarını, traşlı amını ve pembe göğüs uçlarına sahip şımarık küçük göğüslerini ortaya çıkardı.

Onun önünde çıplak durdu ve cesur yüzünü korumak için elinden geleni yaptı.

Herhangi bir gerginlik veya heyecan belirtisi göstermemeye çalıştı.

Ama hafifçe titreyen parmakları tedirginliğini ele veriyordu.

Ve sertleşmiş pembe meme uçları tamamen sertleşti, bu da onun uyarıldığını gösteriyordu.

"Mükemmel" dedi, gözleri kadının tepeden tırnağa çıplaklığında gezinirken. "Sen mükemmelliğin vizyonusun."

"Teşekkür ederim."

"Eminim çantada ne olduğunu merak ediyorsundur. Gergin görünüyorsun. Merak etme, ben sadist değilim. Ben sadece çok yaygın fantezileri olan normal bir adamım."

Gözleri, güzelliğinin tadını çıkararak vücudunun her santimini dolaşmaya devam etti.

"Bu ne fantezi?" Gerçek bir merakla sordu.

Ayağa kalktı ve çantaya uzandı.

Bir an Cynthia'nın sorusuna kesin bir cevap vermeyi düşündü.

"Zeki, bağımsız kadınları seviyorum. Senin gibi birini. Yıllar önce cinsel kölelikle ilgili literatürle karşılaştım ve tuhaf bir şekilde bu konuya ilgi duydum. Bu konuda kendimi çok suçlu hissettim çünkü her zaman kadın haklarının büyük bir destekçisi oldum." kadınlar, senin gibi. Ama bu sadece cinsel bir fantezi, değil mi? Kimse incinmez. Ve herkes bundan hoşlanır. Katılmıyor musun?"

" Evet ".

"Bu çok yaygın bir fantezi. Bundan keyif almak utanılacak bir şey değil. Olmamalı."

Profesör çantadan siyah bir kolye çıkardı.

Erotik ama korkutucu görünüyordu.

Özellikle cinsel amaçlar için yapılmıştır.

"Bu da ne?" diye sordu.

"Boynunuz için bir kolye. Bence size çok yakışacak. Üzerinde 'sürtük' yazıyor. Birlikte geçireceğimiz zamanlar için eğlenceli bir isim."

"Bunu başka kadınlarla da yaptın mı?"

"Hayır. Hiçbir zaman bu cesarete sahip olmadım. Hiçbir zaman çok cesur olmadım."

"Artık benimki sende."

O gülümsedi.

"Haklısın. Seni yakaladım. Şimdi tasmayı takarken rahat ol."

Öğretmen çantayı kanepenin üzerine koydu ve Cynthia'nın saçını fırçaladı.

Kolyeyi boynuna doladı ve sıkmaya başladı.

Çok sıkı bırakmamaya dikkat ediyordu.

Onun boğulmasını ya da boğulmasını istemedim .

Sadece onu biraz rahatsız etmek istiyordu ve öyle de yaptı.

Geri çekildiğinde Cynthia, boğazının ön kısmında FAHİŞ kelimesinin yazılı olduğu kolye dışında çıplaktı.

"Aynaya bak" dedi.

Cynthia ön kapının hemen yanındaki oturma odası aynasına doğru yürüdü.

Çıplak vücuduna baktı.

Boynundaki, kendisini fahişe olarak tanımlayan tasmaya baktı.

Savunduğu tüm ilkelere aykırıydı.

Kendinden utandı.

Ama aynı zamanda çok heyecanlı hissediyordu.

Kimse bu konuda hiçbir şey bilemez.

Asla.

"Ne düşünüyorsun?" Elinde bir iple arkasında durarak sordu.

"Bu kışkırtıcı bir manzara."

"Öyle. Şimdi ellerini birleştir. Seni bağlayacağım."

Cynthia ellerini birleştirdi ve profesör hâlâ arkasında dururken bileklerini yumuşak siyah bir iple bağladı.

Uzun sürmedi.

Birkaç dakika içinde elleri birleşti.

"Şimdi ne olacak?" Ona sordu.

Ona bakarken gelişigüzel geri yürüdü.

Odanın ortasında durdu ve doğrudan gözlerinin içine baktı.

"Şimdi senden aletimi emmeni istiyorum. Bunda çok iyi olduğuna eminim. İtaatkar bir seks kedisi olmanı ve bana ne kadar iyi emebileceğini göstermeni istiyorum."

Cynthia elleri bağlı bir şekilde ona doğru yürüdü.

Ondan çok daha uzundu.

Kısa bir göz temasından sonra diz çöktü ve bağlı elleriyle pantolonunun düğmelerini çözmeye başladı.

Yarı dik penisini ortaya çıkarmak için pantolonunu ayak bileklerine kadar çekti.

Bir an ona baktı.

Erkek arkadaşınınkinden biraz daha büyüktü.

Onu elinde tuttu ve düşünmeden önce kısa bir süre okşadı.

Tereddüt etti.

Düşündükten sonra, "Normalde bunu yapmadığımı bilmenizi isterim" dedi. "Ben sadece ilişkilerde bu tür şeyler yaptım. Kadınların istediklerini elde etmek için bedenlerini veya cinselliklerini kullanmalarına her zaman karşı oldum."

"Tam da bu yüzden aletimin ağzında olmasını istiyorum."

Bu yorum onu biraz rahatsız etti.

Ama yine de bacaklarının arasında bir karıncalanma hissi uyandırıyordu.

Aletini emmek için eğildi.

Erkek arkadaşlarının sikini emmeyi her zaman sevmişti.

İlk yaptığından beri keyif aldığı bir şeydi bu.

Onun için çok heyecan verici bir cinsel deneyim haline gelmişti.

Ve hiçbir zaman herhangi bir şikayet olmamıştı.

Oral seks becerileri nedeniyle her zaman övgü dolu eleştiriler almıştı.

Dudakları horozun etrafına dolanmış haldeyken emerken başını salladı.

Bağlı bilekleri el hareketini kısıtlıyordu.

Dili kafanın ve horozun etrafında dönüyordu.

Emmeye devam ederken üstündeki öğretmene baktı.

Biraz heyecan verici ve kısmen de aşağılayıcı olan göz teması kurdular.

Aletini ağzının derinliklerine götürmeye başladığında gözlerini kaçırdı.

Sonra her bir topunu emdi.

"Bu işte harikasın" diye inledi. "Öyle olacağını biliyordum. Bunun için mükemmel dudakların var."

"Teşekkür ederim," diye fısıldadı, aletini kısa bir süreliğine ağzından çıkardıktan sonra.

Onu mümkün olduğu kadar çabuk boşaltmayı umarak işine geri döndü.

Onun aletini emmek için ne kadar çaba gösterirse, bu süreçte o kadar tahrik oluyordu.

Bacaklarının arasının ıslandığını anlamak için amına dokunmasına gerek yoktu.

"Şimdilik bu kadar yeter" dedi. "Yemek masasının üzerine eğilmeni istiyorum. Yüzüstü. Birazdan seks yapacağız."

Ona hayretle baktı.

"Anlaşmamız oral seks içindi. Hepsi bu."

"Teklifler her zaman geliştirilebilir."

"Lütfen. Az önce sana oral seks yapmayı kabul ettim."

"Bacaklarının arasına dokun. Vücudun ne istediğini biliyor. Eğer kuruysan o zaman dışarı çıkıp sana istediğin her şeyi veririm. Eğer ıslaksan hâlâ yapacak işlerimiz var."

Öğretmen ısrarcıydı.

Cynthia bunun mantıklı olduğunu biliyordu.

Kalbi bunu istiyordu.

Amcığı bunu istiyordu.

Savaşmanın bir anlamı yoktu.

Onunla ne yaparsan yap, kendini iyi hissedeceksin.

Onu tekrar boşalmasını sağlayacak.

Peki neden reddediyorsun?

Ayağa kalktı ve birkaç adım ötedeki yemek masasına doğru yürüdü.

Eğilip ellerini, yüzünü, göğüslerini ve karnını masaya koydu.

En yakın arkadaşıyla sayısız yemeği paylaştığı masa bir anda cinsel tatminin mekanı haline gelmişti.

Bundan sonra ne yapacağını merak ediyordu ama hiçbir fikri yoktu.

Ne bekleyeceğini bilmiyordu.

Profesör arama yaparken çantanın karıştırıldığını duydu.

Profesör bağlı ellerini daha fazla siyah ip kullanarak masanın ayaklarına bağladı.

Cynthia'nın bilekleri tamamen tutulmuştu ve kollarını hareket ettirmesine imkan yoktu.

Profesör ayrıca ayak bileklerinin her birini masanın altına bağladı.

Cynthia'nın bacakları açılmıştı ve kedisi ve anüsü tamamen açılmıştı.

"Belanın ne olduğunu biliyor musun?" diye sordu.

"Evet" diye yanıtladı tedirgin bir şekilde.

"Bunu senin üzerinde kullanacağım. Merak etme. Sana zarar vermeyeceğim. Biraz acıyabilir. Çok fazla olursa bana haber ver."

Kırbaç kalçasına çarptığında Cynthia ipi sıkıca sıktı.

İkinci darbe daha güçlüydü.

Son şaplak atma hissini çok iyi hatırlıyordu.

Bu asla unutamayacağı bir duyguydu.

Ancak kırbaç kürekten çok daha güçlüydü.

Kırbaçlamanın her bir ucu, amında ve omurgasında bir karıncalanma hissi yarattı.

Kamçının her bir ucu onu cinsel olarak uyarıyordu.

Kırbaç sırtının üst kısmına doğru ilerledi.

Tıklama sesi kulağının yanında yüksekti.

Canımı acıttı.

Her darbe aldığında inlemeye başladı.

Acı giderek daha şiddetli hale geldi.

Ama zevk de öyle.

Güçlü ve mükemmel bir kombinasyon haline geldi.

Sırtına sert bir şekilde şaplak attı ve kedisi ıslandı.

Her vuruşta yüksek sesle inliyordu.

Sırtı kırmızıya döndüğünde kırbacının dikkatini aşağıya doğru yönlendirerek uyluklarının arkasına vurdu.

Bölge o kadar hassastı ki neredeyse çığlık atmasına neden olacaktı.

Cynthia acıyı dindirme umuduyla ipi daha sıkı kavradı.

Kırbaç Cynthia'nın her iki kalçasına da yayıldı.

Ona en çok keyif veren yer orasıydı.

her bir ucu ona sert bir şekilde vuruyor ve onu daha da azgın hale getiriyordu.

Kırbaçlama bir anlığına durdu ve profesör iki parmağını kadının amının içine soktu.

"Tanrım" dedi. "Musluk gibisin. Zavallı şey."

"Benim... boşalmaya ihtiyacım var."

O gülümsedi.

"Birkaç dakika sonra canım. Önce ön sevişmemizi bitirmemiz lazım."

Profesör kırbaçlama pozisyonuna döndü ve Cynthia'nın tam kalçasının arasına nazikçe şaplak attı.

Şaplak uçları doğrudan amının ve anüsünün son derece hassas cildine çarptığında inledi .

Ona doğru başka bir darbe göndermeden önce bir süreliğine acıya alışmasına izin verdi.

Amına ve anüsüne şaplak atmaya devam etti.

Şaplaklamayı azalttı ve açık elini kullanarak kadının hassas cinsel bölgesine tokat attı.

Şaplak ilk başta yumuşaktı.

Ama sonra her şaplak için kuvveti arttırdı.

Hatta şişmiş klitorisine şaplak atmayı da ihmal etmedi, bu da onun bir fahişe gibi inlemesine neden oldu.

Her şaplaktan sonra eli Cynthia'nın am sıvılarıyla nemleniyordu.

"Sanırım hazırsın. Şimdi boşalmak ister misin?"

"Evet," diye inledi.

"Sen iyi bir kız oldun. O yüzden bunu sana yaptırmam adil olur."

Tekrar çantaya uzandı.

Cynthia profesörün ne aradığını göremedi.

Tek duyduğum borsanın gürültüsüydü.

Daha sonra bir nesneyi yerleştirirken parmaklarının dudaklarını ayırdığını hissetti.

Bu bir seks oyuncağıydı.

Pürüzsüz ve mükemmel biçimlendirilmiş.

Küçük boyutundan dolayı kolayca amının içine kayıyordu, bu da onu biraz hayal kırıklığına uğrattı.

Daha büyük bir şeye ihtiyacı vardı.

Seks nesnesinin amından çekilmesi onu yine hayal kırıklığına uğrattı.

Nesne anüsünün dış halkasına baskı yaptığında ne olduğunu anladı.

Öğretmen nesneyi sadece kayganlaştırmak için amının içine soktu.

Seks nesnesi onun poposuna yönelikti.

Küçük seks oyuncağı yavaşça anüsüne itilirken kendini hazırladı.

Sıkı halkayı deldi ve rektumuna girdi.

Profesör acele etmedi ve onu incitmek istemeyerek işleri yavaş yavaş yaptı.

Ve gergin hissetme hissinden keyif alıyordu.

Kısa sürede kırbaçlanmanın verdiği acıyı unuttu.

Kıçındaki seks oyuncağının hafif acısı çok daha güçlü ve heyecan vericiydi.

Küçük seks oyuncağı poposuna girdiğinde öğretmen onu uyarmak için orada bıraktı.

Sonra sessiz odada açılan paketin sesi yankılandı.

"Ne yapıyorsun?" Cynthia yüzü hâlâ aşağıdayken sordu.

"Prezervatif takıyorum. Amını sikeceğim çünkü sen bir sürtüksün."

Bu sözler omurgasından aşağıya bir karıncalanma ve amına heyecan gönderdi.

Ayak bilekleri bağlı olmasına rağmen bacaklarını daha da açmak için elinden geleni yaptı.

Sikilmek istiyordu.

Bir et parçası gibi kullanılmak istiyordu.

Öğretmeninin onu yarı yolda bırakmayacağını biliyordu.

Kalçalarını sıkıca tuttu ve sert aletini dudaklarına doğru bastırdı.

Yavaşça itip içeri girdi.

Yayıldığı ve derinden uyarıldığı için kolay bir girişti.

Cynthia'nın amcığı büyük bir ateşli arzu kitlesiydi.

Profesör, üniversite öğrencisinin am hissinin tadını çıkardı.

Sonra sonuna kadar iterek Cynthia'nın yüzünü masaya bastırmasına ve nefesinin kesilmesine neden oldu.

Profesör iki elini de Cynthia'nın omuzlarına koyarak onu yukarı çekti.

Yavaşça kalçalarını hareket ettirerek onu becerdi.

Cynthia, aletini vücuduna her ittiğinde inliyordu.

Elleri bağlıyken ipi çekerken sertçe sıktı.

Narin kedisi sert bir sikişmeye maruz kaldı ve inlemeleri daha da yükseldi.

Bir eliyle saçlarını okşadı, arkasında olduğundan emin oldu.

Sonra aynı eliyle onun küçük göğüslerinden birini okşamak için uzandı ve şişmiş pembe göğüs ucunu çimdikledi.

"Sen benim fahişem misin?" Ahlaksız bir sesle sordu.

"Evet."

"Söyle."

"Ben senin fahişenim" diye inledi. "Seni pis fahişe."

Onu daha da sert sikmeye devam etti.

Bir eliyle omzunu sıkmaya, diğer eliyle de memesini esnetmeye devam etti.

"Benimle feminist değilsin, değil mi?"

"HAYIR."

"Sen nesin?" diye sordu.

"Ben senin fahişenim" diye inledi. "Bana böyle davranılması gerekiyor."

Onu daha da sert becerdi.

Onun ateşli seksi, her itişinde kasıklarından yumuşak kıçına vuran yüksek şapırdama sesleri çıkarıyordu.

Vücudunun duyularının kontrolünü kaybetmeye başladığında inlemeleri düzensiz nefes seslerine dönüştü.

Gitmesine izin verdi.

Vücudunu tamamen profesöre verdi.

Onun her şeyi onundu.

Her iki elini de göğüslerini okşamak ve sertçe sıkmak için kullandı, bu da onun acıdan nefesinin kesilmesine neden oldu.

Onları daha sert çimdikleyerek onun biraz daha nefes almasına neden oldu.

"Benim... boşalmaya ihtiyacım var..." dedi zayıfça.

"Daha yüksek sesle söyle!"

"Boşalmam lazım! Lütfen!"

Ne yapacağını tam olarak biliyordu.

Öğretmen ellerini indirdi.

Kalçanızı destekleyecek bir tane.

Diğeri klitorisini okşamak için uzandı.

Cynthia, adamın klitorisini dairesel hareketlerle ovaladığı anda inledi.

O anda Cynthia, amının sikilmesi, kıçındaki seks oyuncağı ve klitorisi ile oynayan parmak tarafından uyarılmıştı.

Komşuların onu duyabilmesini umursamadan yüksek sesle çığlık attı.

Muhtemelen yaptılar.

Dinleyen kişi muhtemelen heyecanlanırdı.

Umrunda değildi.

Cynthia çığlık attı ve parmakları kıvrıldı.

Kolları ve bacakları tüm gücüyle ipi çekti ama işe yaramadı.

Sırtının alt kısmı bükülmeye çalıştı ama tutuşu çok güçlüydü.

Yüzü zevkle buruştu.

Gözleri büyüdü.

O geldi.

Güçlüce.

Sıvılar her yerdeydi.

Küçük amcığı bir seks sikine dönüşmüştü.

Profesör orgazma yaklaşıyordu.

Cynthia'nın vücudu gevşeyip enerjisi tükendiğinde bile tatmin olana kadar onun sırılsıklam amını sikmeye devam etti.

Taktığı prezervatifin içine büyük miktarda sperm sıktı.

Homurdandı ve Cynthia'nın sırtına uzanıp dinlenmeden önce hamleleri durdu.

Seks bittiğinde ikisi de ter içindeydi.

Sürekli olarak başının arkasındaki saçlarını öpmeye devam etti.

"Sen bir tanrıçasın," diye homurdandı nefes nefese. "Gerçek bir tanrıça. Bir adamı tamamen mutlu ettin."

Cynthia hâlâ bitkindi ve zor nefes alıyordu.

"Peki karınız bunu yapmıyor mu?" dedi iç çekerek.

"Ve senin erkek arkadaşın?" O da aynı şekilde iç çekerek söyledi.

İkisi de güldü.

"Beni çöz," hafif bir nefesle tekrar yumuşak bir şekilde konuşmayı başardı.

Öğretmen gevşek, prezervatifle kaplı sikini amının içinden çıkardı ve onu çözmeye başladı.

serbest kaldığında kendi vajinal sıvıları içinde yerde yatıyordu.

Profesör onun yanına oturup yumuşak saçlarını okşuyordu.

"Sana ne istersen vereceğim. Elimden gelenin en iyisini yapacağım. Sen muhteşemsin."

Ona baktı.

"Sen de. Ben daha önce hiç... hiç böyle gelmemiştim."

"Birlikte olmak için birkaç günümüz daha var. Bunlardan en iyi şekilde yararlanmaya niyetliyim. Önümüzdeki birkaç gün boyunca sen benim kirli küçük seks kedim olacaksın. Sonra eve, ailenin ve erkek arkadaşının yanına gidebilir ve dinlenmenin tadını çıkarabilirsin. "

Güldü.

" Zaten tatilimin tadını çıkarıyorum."

Bunun üzerine Cynthia başını profesörün kucağına yasladı.

Islak prezervatifi çıkardı.

Sarkık penisi ağzına aldı ve spermin geri kalanını emdi.

Profesör inledi.

ÇOK ANLAYIŞLI BIR DOKTOR

"Doktor sizinle hemen görüşecek efendim; sadece orada oturun lütfen."

Andrew muayene masasına doğru yürüyüp otururken başını salladı.

Sedye masasını katlanmış bir kağıt mendil doldurmuştu.

Hemşire kapıyı arkasından kapattığında gömleğinin kolunu aşağı indirdi.

Bu konuda doktora gitmeye kendini ikna etmesi çok zaman almıştı ama sonunda bıkmıştı ve bıkmıştı.

Kendi bedeniyle ilgili hayal kırıklığı yaşadığından bahsetmiyorum bile .

Kapının yeniden açılması sonsuzluk gibi görünüyordu ama sonunda genç kadın içeri girdiğinde, Andrew'un başıboş düşüncelerini dağıtarak beklemeye değer olduğuna karar verdi.

"Merhaba Bay Harrison, beklettiğim için özür dilerim. Bugün görmem gereken çok sayıda hastam oldu."

Doktor masasına giderek, hemşirenin bana ziyaretimin amacına dair sorduğu soruların ardından aldığı notların bulunduğu evrak çantasını aldı.

"Hiç şüphe yok ki hepsi sizi görmeye gelmek için bir neden bulmuşlardır doktor, biliyorum ben de kesinlikle gelirdim!"

İçinde yüzebileceğinizi hissettiğiniz mavinin güzel tonu olan gözleri, panosundan kalkıp sizinkilerle buluştu.

Dudaklarının kenarlarında bir gülümseme belirdi.

Çok çok iyi biçimlendirilmiş dudaklar.

"Bugün buraya zamanımı harcamak için mi geldiğinizi mi söylemeye çalışıyorsunuz Bay Harrison?"

Kıkırdadı.

"Ne yazık ki hiç de öyle değil, Dr. Martínez. Korkarım çok ciddi bir sorunum var, gerçi bu konuyu görmeye geldiğim ilk kişi sizsiniz."

Panosuna baktı.

Küçük masasında oturup kitap okurken, bacak bacak üstüne atmasını izledim.

Oldukça kısa boylu bir Latin kadındı ama tıbbi önlüğünün eteğinin altındaki çıplak bacakları kilometrelerce dayanabiliyormuş gibi görünüyordu.

Andrew kalem eteğinin dizlerinin hemen üzerinde bitmesini dilerken buldu kendini.

, ziyaretinizin kesin niteliği hakkında hemşireyle konuşmayı reddettiğiniz yazıyor Bay Harrison, o yüzden... devam etmeden önce lütfen benimle çabuk konuşun."

Andrew'un omuzları biraz çöktü, çünkü ziyaretinin amacı konusunda düşüncelerini bölmeden önce bu kadınla biraz daha özel bir sohbete girmeyi umuyorlardı.

Ama... onun sadece internette bir konu hakkında çok fazla şey okumuş bir hastalık hastası olmadığından emin olması gerektiğini düşünüyordu.

"Ben... şey, öyle görünüyor ki yatak odasında... devam eden ve kalıcı sorunlarım var."

gözleri entrikayla onun üzerinde gezinirken bunun ona biraz heyecan verdiğini inkar edemezdi .

"Nispeten genç bir adama benziyorsunuz ve... fiziksel olarak mükemmel durumdasınız, Bay Harrison. Sorunlarınız hakkında daha fazla ayrıntıya girmeden önce söyleyin bana. Neden buraya gelmeyi seçtiniz? Yeni bir semptom gibi görünüyor." "Daha önce buraya bu problemle gelen kimse olmadı, peki seni bana kim tavsiye etti?"

Dürüst olmak gerekirse doktor, normalde doktorlara gitmiyorum. "Gerçekten buna ihtiyacım yok ve aslında bu özel problem için, ben... Bu tür şeyler hakkında konuşmak için doktora gitmekten pek rahat hissetmiyorum."

Bu sefer tamamen gülümsedi.

Doğrudan onunla yüzleşmek için dönerken panoyu masanın üzerine koydu ve ellerini dizinin etrafında kenetledi.

"İki şey var Bay Harrison. Öncelikle bana Bayan Martinez ya da Rosa deyin. İkincisi, sanırım artık bir temel oluştursak iyi olur:

Tamamen dürüst ve açık sözlü olmalısınız, tamam mı? Bu sizin için hassas bir durum gibi görünüyor , "Bu yüzden bu konuyu ciddiyetle ve önyargısız bir şekilde ele almamızın önemli olduğunu düşünüyorum, çünkü oldukça kişisel nedenleri derinlemesine inceleyeceğiz. Doğru değil mi?"

"Kesinlikle Rosa. Bana Andrew deyin lütfen."

Başını salladı.

"Tamam Andrew. Söyle bana, tam olarak ne tür sorunlardan bahsediyorsun ? Erken boşalma mı? Ereksiyon zorluğu mu?"

Andrew yanaklarının sıcaklıkla dolduğunu hissetti, hışırtılı kağıt sesi bırakarak sedye masasının üzerinde biraz süründü ve cevap verdi:

"Eh, daha önce hiç sorun yaşamadım, ilk seferimde bile. Ama... Sanırım zorlanma ve dayanma konusunda zorlanıyorum. Önemli olan şu ki, bir yıldan fazladır orgazm olamıyorum. " "

"Tanrım, koca bir yıl; bu benim başıma gelse ölürdüm sanırım. Bunun neden başlamış olabileceği hakkında bir fikrin var mı? Hayatında herhangi bir değişiklik ya da kötü şeyler oldu mu, sevgilinle yaşadığın kötü bir deneyim var mı?" Karına ilgi duyuyor musun?"

"Ah, karımla ya da metreslerle hiçbir sorunum olmadı."

Rosa gülümsedi ama düşünmeyi bıraktığında devam etmesi için ona cesaret verici bir işaret yaptı.

"Gerçekten aklıma hiçbir şey gelmiyor. Birkaç yıldır aynı durumu yaşıyorum. Bir süre önce evlendim ve birkaç yıldır yeni sevgilim olmadı."

"Normalde aktif bir cinsel hayatınız olduğunu mu söylersiniz? Yoksa bu olmaya başladığından beri bir şeyler değişti mi?"

Andrew omuz silkti.

"Bu olay olmaya başladığından beri durum kesinlikle değişti . Yani, ortak bir anlayışa sahip olduğumuz için seks yapmaktan hoşlandığım bazı arkadaşlarım var. Eşim bir süredir bana dokunmadı o yüzden pek bir şey olmadı. Her Arada bir barda bir kadınla tanışıyorum, bu bir arkadaşlıktan fazlası gibi görünebilir, ama sonuçta hiç kimse... zorlanmama sorununu ortadan kaldırmıyor sanırım. ".

"Peki bu arkadaşların, ilişkiye girdiğin kızlar başka arkadaşların olduğunu biliyorlar mı? Bir karının olduğunu biliyorlar mı? Bunu kabul ediyorlar mı? Yoksa bunu bir sır olarak mı saklıyorsun?"

Andrew başını salladı.

Rosa konuşurken öne doğru eğildi ve adam kısa olmasa da üst kısmının düğmeleri arasında geniş boşluklar olduğunu fark etti.

Boynuna taktığı steteskop bunlardan birine takıldı ve sanki duruşunu değiştirip kumaşı çekerken alttaki mor bir şeyin küçük bir görüntüsünü sunuyormuş gibi göründü.

"Rızaya dayalı bir ilişki içindeysem onlara yalan söylemek zorunda değilim. Bana sorarlarsa hiçbir şeyi saklamam. Diğer kızların da benim arkadaşım olduğunun ve benim de öyle olduğumun açıkça anlaşılmasını sağlarım. eğer ilgilenirlerse evlenir. Ayrıca onun seksi çok sevdiğini söylemem gereken arkadaşlarım da var. Ancak biri ayrıcalığa doğru ilerlemek isterse elbette onunla konuşurdum ki o da yapmasın bunu yapmaya devam edin. Aksi takdirde ilişki kesilir. Tepkiler... karışık, ancak çoğu zaman "Bu bana o kız hakkında başka herhangi bir şeyin anlatabileceğinden çok daha fazlasını anlatıyor."

"Hmm. Peki o arkadaşlarınla seks yapmayı asla bırakamayacağını mı söylüyorsun?"

"Onlar benim arkadaşlarım. Bir zamanlar o noktaya geldiğimizde bir kızla çıkıyordum ama benim kendisine özel olduğumu düşündüğü için onunla görüşmeyi bıraktım."

"Bu nasıl oldu?"

"Anlaşılan anlaştığımız küçük detayı unutmuş."

"Anlıyorum. Söylesene; çok eşli olduğunu mu söylersin, yoksa çok eşli eğilimlerin mi var?"

Andrew biraz kaşlarını çattı, bunun kendi sorunuyla nasıl bir bağlantısı olduğu konusunda biraz kafası karışmıştı ama bununla ilgilenmeye istekliydi.

"İhtiyaç duymadan buna açık olduğumu söyleyebilirim. Bir çift, birbirlerinin davranışlarından istedikleri ve bekledikleri konusunda açık ve dürüst olduğu sürece, seksin aralarında olmasını istedikleri gibi olması gerektiğini düşünüyorum. onlara."

"Peki özel?"

"Elbette olabilir. Aralarında, ancak her ikisi de dürüst ve aynı fikirde olduğu sürece, ister birlikte ister ayrı ayrı başkalarıyla deneyimlere açık. Kesinlikle her birimizin arkadaşlarını paylaştığı vb. ilişkilerde bulundum. Bahsettiğim gibi tam tersi, ayrıcalık."

"Ama sadece bir tane?"

"Diğerleri de hemen ayrıcalıklı olmak istedi ama... bu bana çok saçma geliyor."

Andrew omuz silkti ama Rosa kaşlarını çattı.

"Nedenmiş?"

"Şey, mesela seninle. Eğer birbirimizi görmeye başlasaydık. Seni tanımıyorum ama seni kesinlikle çekici buluyorum. Eğer çıkmaya başlarsak, sanırım sen de beni çekici bulursun; o halde birbirimizden hoşlanmanın nesi yanlış?" eğer sorumluysak, ayrıcalık olmadan diğer cinsel açıdan?

faydaları olan arkadaşlar arasındaki fark nedir ?"

"Çıkmanın tek amacı, hayatınızı paylaşmak isteyeceğiniz birini bulmaktır, değil mi? İdeal olarak uzun bir süre için, konu evlilik olduğunda sonsuza kadar olmasa da. Arkadaşlar... Onlardan hoşlanabilir veya seksten keyif alabilirsiniz. ancak birlikte veya ayrı ayrı bir çift olarak uzun vadede veya günlük birliktelik açısından pek iyi çalışmadıklarını keşfettiler. Ancak bu, iyi seks yapamayacakları anlamına gelmiyor. ve birbirinizi iyi hissettirin. diğer ".

Rosa kıkırdadı.

"Dürüst olmak gerekirse, bu oldukça sağlıklı bir bakış açısı. Keşke benim de hayatımda senin gibi faydaları olan arkadaşlarım olsaydı, çünkü son zamanlarda stresten kurtulmaya çok ihtiyacım var."

Rosa sanki profesyonel tavrına devam ediyormuş gibi doğruldu.

"Öhöm. Neyse, tamam; yani... cesaretinizi kırabilecek ya da çok fazla strese neden olabilecek cinsel, mesleki ya da kişisel herhangi bir olay olmadı mı?"

"Düşünebildiğim kadarıyla değil."

"Peki mastürbasyon yapmaktan bile vazgeçemiyor musun? Ya da daha önce hiç sorun yaşamadığın arkadaşlarından bazılarıyla seks yapmaktan bile vazgeçemiyorsun?"

"Hayır, hiç de değil. Ayrıca daha önce kalkışta da hiç zorluk yaşamadım. Bu gerçekten sinir bozucu."

"Ve ereksiyon olma ve bunu sürdürmede sorun yaşadığını söylüyorsun."

"Evet, yani heyecanlanacağım, kasılacağım, ama yine de biraz hımmm... gevşek, eğer öyle söylemek istersen. Bu nüfuz etmeyi zorlaştırıyor, biliyor musun? Ve dürüst olmak gerekirse , olacağımızı söylediğimizden beri, birkaç arkadaşım kafama girmemi GERÇEKTEN seviyor, bu kadar iyi arkadaş olmamızın bir nedeni de bu ve bunda GERÇEKTEN iyiyiz. Ama yine de Onlara, muhtemelen başka herhangi bir şeyle, hatta kendi ellerimle bile yaklaşabilirim ama doruğa ulaşamıyorum."

"Seni de tamamen sertleştiremezler mi?"

Andrew başını salladı.

Rosa kaşlarını çattı, dudakları düşünceyle büzüldü.

Parmaklarını dizine vuruyordu ve Andrew o dudakların onun aletinin etrafında olmasının nasıl bir his olduğunu hayal etmemek konusunda zorluk çekiyordu.

Kadın içeri girer girmez tahrik olmuştu ama gömleğinin içindeki o kullanışlı küçük açıklığa her baktığında aletinin biraz sertleştiğini hissedebiliyordu.

Aniden ayağa kalktı.

"Peki Andrew, sanırım bazı şeyleri dışladığımızdan emin olmak için fiziksel bir muayene yapmamız gerekecek. Soyunabilir misin?"

Andrew hemen gömleğinin düğmelerini çözmeye başlamak için uzandı.

"Eh, normalde Rosa, en azından önce güzel bir akşam yemeği yemek konusunda ısrar ederdim, ama senin için..."

Rosa biraz kızardı ve alt dudağını ısırarak ellerini önünde birleştirdi.

"Hı...normalde hasta, doktor dışarı çıkana kadar bekler, böylece elbiselerini çıkarıp tıbbi önlüğünü giyebilir. Daha sonra doktor, hastanın isteği üzerine kapıyı çalar ve geri döner."

Andrew omuz silkti ve killı göğsünü ortaya çıkarmak için gömleğinin düğmelerini açmaya devam etti.

"Ne anlamı var? Cinsel organlarımı inceleyeceksin ve sıcak bir yaz gününde beni dışarıda gömleksiz rahatlıkla görebilirsin. Üstelik acelen var ve umurumda değil. Ben utangaç değilim. Kesinlikle." daha önce görmediğiniz hiçbir şey yok."

Rosa kıkırdadı, gözleri Andrew gömleğini çıkarırken onun gövdesinde gezindi.

"Eh, kesinlikle daha önce görmediğim bir şey değil, ama... eğer senin için sorun değilse, sanırım sorun değil. Ve biliyorsun, zaten durmayacaksın."

Andrew güldü, ayağa kalktı ve pantolonunun düğmelerini çözmeye başlamak için eğildi.

"Hey, sen de kesinlikle gidiyormuşsun gibi görünmüyor."

Başını sallarken ona gülümsedi, muayene masasının basamaklarından inip yerde dururken hafifçe geri çekildi.

Andrew'un pantolonu yere düştü ve onları çıkardı, başparmaklarını boxer külotunun beline geçirirken şakacı bir gülümsemeyle ona baktı.

"Büyük açıklamayla yüzleşmeli misin, yoksa arkanı dönüp daha sonra görmeyi mi tercih edersin?"

O da onun şakacı ifadesine karşılık vererek güldü, elleri steteskopunu tutuyordu.

eğer arkanı dönersen kıçına vurmaya karşı koyabileceğimden emin değilim ."

"Bu durumda iyi..."

Andrew hızla döndü ve boxer külotunu indirirken eğildi, artık çıplak olan kıçını Rosa'ya doğru hareket ettirdi ve omzunun üzerinden ona bakmak için başını çevirdi.

Bir eliyle ağzını kapatmış, hafifçe gülüyordu.

"Sen KÖTÜsün, Andrew Harrison. Bu doktor/hasta ilişkisinde çok uygunsuz bir davranış!"

"Sen de söylemezsen ben de hiçbir şey söylemem, Rosa Martínez."

Elini bırakırken gözlerini devirdi ama Andrew ona dönüp ellerini kalçalarına koyarken gözlerinin vücudunun her yerinde gezindiğini fark etti.

"Peki şimdi ne olacak?"

Rosa anlamlı bir şekilde aşağıya baktı ve gülümseyerek kaşını kaldırdı.

"Eli, artık pek zorluk çekmiyorsun gibi görünüyor...!"

Andrew onun bakışlarını takip etti; Horozun sert olduğu belliydi.

Rosa çok çekici bir kadındı ve onunla flört etmekten keyif alıyordu.

"Eh, bir ceset seninle aynı odada çıplak durursa sertleşir Rosa; gerçi bu tam ereksiyonla aynı şey değil!"

Gözlerini devirdi ve biraz gülümsedi ama gerçekten de profesyonelliğin devamı için çabalıyor gibi görünüyordu.

Steteskopunu çıkarmak için uzandı ama bunu yaparken bluzunun birkaç düğmesi açıldı.

Andrew bir çekmeceyi açmak için döndüğünde gözleri büyüdü.

"Sen masaya geri dön, ben de birkaç eldiven alacağım..."

, açılmış düğmelerin daha iyi bir görüş sağlayıp sağlamayacağını merak ederek kendisinden isteneni yaptı .

Rosa'nın arkası ona dönükken arka tarafına hayran olan zihni birçok kötü senaryoya kaydı.

"Eh, bu uygunsuz."

Bir elinde tek bir mavi tıbbi eldiveni, diğerinde ise boş bir kutuyu tutmak için arkasını döndü.

"Gidip yeni bir kutu almam gerekecek. Belki sen de bir..."

"Pşşş; lütfen! Bir tane var. Açık yaraları ya da istilacı herhangi bir şeyi araştırmıyorsun. Hiçbir yere bir şey sızdırmıyorum. Eğer senin için sorun değilse benim için sorun değil."

Rosa başını salladı.

"Kesinlikle hayır, bu bilmem kaç tane kuralı ihlal ediyor ve en büyüğü kısırlaştırmayı ihlal etmek, ve..."

"Dr. Rosa. Herhangi bir anormallik olmadığından emin olmak için bölgenin fiziksel muayenesini yapmanız gerekiyor, değil mi? Bir şey yutmuş değilsiniz ya da elinizde açık yaralar yok, değil mi? Ayrıca bunu yapmayacaksınız. parmaklarını elinin herhangi bir yerine koy. benim".

Onun gözlerine baktı.

"Dürüst olmak gerekirse prostatınızı muayene etmeniz gerekebilir."

"Evet, eldivenin var."

"Yeni bir kutu almak için koridordan aşağı yürüyüp geri gelebilirdim."

Andrew gülümsedi, ellerini kaldırdı, omuzlarını silkti ve başını yana eğdi.

"Ama yine de yapmadın..."

Dr. Rosa bıkkınlıkla gözlerini devirdi ve eldiveni hızla sol eline takarak başını ona doğru salladı.

Ancak dudaklarında hafif bir gülümseme olduğunu ve gözlerinin kenarlarını kırıştırdığını görebiliyordu.

"İmkansızsınız! Bacaklarınızı açın efendim!"

Kendi beklentisini belli etmemeye çalışan Andrew, Rosa'ya olabildiğince fazla erişim sağlamak için hemen bacaklarını açtı.

Rosa'nın sağ elinin sıcak, yumuşak, çıplak etinin penisinin etrafında kıvrıldığını, ardından da sol elinin soğuk, kuru eldiveninin taşaklarını kavradığını hissettiğinde zevkten iç çekmemek için çabaladı.

Top çuvalını hareket ettirirken parmakları dikkatlice onun uzunluğunu incelemeye başladı, konsantrasyonla kaşlarını çattı ve hafifçe eğilirken inanılmaz derecede seksi görünüyordu.

Gömleği hafifçe düşüp mor fırfırlı bir sütyenle desteklenen, yumuşak göğüslerin lezzetli, kremsi genişliğini ortaya çıkardığında gözleri büyüdü.

Nabzının hızlandığını hissetti, hem temas hem de görüntüden dolayı heyecan ve heyecanla penisinin yükseldiğini hissetti.

"Herhangi bir anormal çarpma veya kırılma hissetmiyorum, yani bu iyi. Aslında, aslında... ah! O zaman... birisi aniden çok kötü tepki vermeye başlıyor..."

Ona bakmak için yüzünü kaldırdı ve Andrew, yükselen bir cinsel istek dalgasının ve artan gerilimin arttığını hissetti.

Aletinizi o kısmen açık ağza batırmak ve dilinizin yeteneğini istekli kamışınızın üzerinde hissetmek nasıl bir duygu olurdu?

Onun içlerindeki çıplak, saf şehveti göreceğinden korkarak gözlerini gergin bir şekilde uzaklaştırdı.

"Ben... şey, Rosa, hımmm... dürüst olmak gerekirse..."

Bu sadece size bu hissi vermeye başlayan tamamen klinik muayene tekniğinden kaynaklanan bir beyin problemi miydi?

Andrew emin olamıyordu.

Ancak, onun tutuşuna karşı itmeye başlamak için neredeyse karşı konulmaz bir istek hissetti.

"Andrew, unutma; birbirimize karşı samimi ve dürüst olacağımızı söylemiştik. Önyargı yok."

Andrew isteksizce dönüp ona baktı.

Yüzü sakindi ama... gözlerinde biraz parıltı var gibiydi.

Bir şekilde... spesifik olarak dudaklarını büzüyordu.

Beklenti?

Ellerinin onun üzerinde görünmesi, yüzünün kasıklarına yakınlığı.

Başını çevirdiğinde muhtemelen nefesinin tenine dokunuşunu hissedebiliyordu.

Oldukça şaşırtıcı görünen göğüslerinin görünümü de muhteşemdi.

Bilinçsizce onu bu şekilde - istemsiz, masum ama açıkça samimi ve özel - görme şekli sarhoş ediciydi.

Ellerinde horozunun seğirdiğini hissetti, uyarılması kontrolden çıkmış gibi görünüyordu.

"Doğrusunu söylemek gerekirse Rosa, beni kolayca büyüleyen ve tahrik eden açıkça zeki, eğlenceli, çekici ve tek kelimeyle büyüleyici bir kadınla karşılaşmayalı çok çok uzun zaman oldu. Elin benim aletimin üzerinde ve ben de bir Gömleğinin inanılmaz görünümü bana bu kadar büyük bir çift güzel göğüs görmeyeli ne kadar uzun zaman olduğunu hatırlatıyor ve açıkçası en son ne zaman bu kadar azgın olduğumu veya vahşi seks yapmak için can attığımı hatırlamıyorum.

Rosa'nın gözleri büyüdü, aşağıya bakarken eldivenli eli gömleğinin kıvrımına dokunmak için ona doğru gitti.

Yanakları anında derin, parlak bir kırmızıya büründü.

Alt dudağını ısırarak ona baktı ama eldivenli elini indirirken çıplak elini penisinden çıkarmadığını, sadece gözlerini sert aletine ve sonra tekrar yüzüne yönelttiğini fark etti.

Gözleri buluştu.

Andrew'un nefesi kesildi.

"Ben...ben...yapamam...ben...sen kaya kadar sertsin. Hiç sorunun yok!"

"Bir yılı aşkın süredir ilk kez. Sayende. Söz veriyorum, bunu uydurmuyorum."

Andrew'un sikinin şişmiş başını hevesle sararken Rosa'nın dudaklarının ani sıcaklığı ikisinin de inlemesine neden oldu.

Andrew, Rosa'nın ağzının sikine doğru inişini izlerken elleriyle muayene masasının kenarlarını kavradı.

Kadın onu ağzına çekerken yumuşak dilinin ereksiyonunun alt kısmını yaladığını, sürttüğünü ve alay ettiğini hissetti .

Parmakları tamamen farklı bir dokunuş ve taşaklarını okşarken, kadın onun zonklayan aletinin etrafında mırıldandı ve onu emdi.

Gözleri kendisininkini yansıtıyormuş gibi yoğun bir ihtiyaçla yanıyor, ondan zevk almaya başladığında verdiği tepkiyi izliyordu.

Kafası onun üzerinde yukarı aşağı kaymaya başladı.

Onun hareketlerinden, ağrıyan aletindeki ritmik hareketlerden ve ona verdiği zevke tanıklık ederken bakışlarında hissettiği ham cinsellikten büyülenmişti.

Bunun kaynağı olmaktan duyduğu mutluluk tarif edilemezdi.

Gözleri onun sütyenli dekoltesinin kısa, sarsıcı parıltısına kaydı.

Yavaşça nefes alarak ondan uzaklaştı ve gülümsemeden önce çözülen düğmelere baktı.

"Daha fazlasını görmek ister misin...?"

Islak dudaklarından yavaşça penisinin parlak kafasına yayılan tükürüğü fark etmemeye çalışarak başını salladı.

Bluzunun düğmelerini onun için çözüyordu, onu yere düşürdü ve hemen sutyeninin tokalarını çözmek için uzandı.

Onu yavaş yavaş vücudundan çıkarırken verdiği tepkiyi izledi, güzel, solgun göğüsleri hapsedilmekten kurtulurken ona şakacı bir şekilde gülümsedi.

Andrew bu görüntü karşısında sessizce inledi.

Hiç tereddüt etmeden çıplak sol göğsünü avuçlamak için elini uzattı.

Dr. Rosa Martínez'in sıcak ve nefis yumuşak anatomisini okşadı.

"Aman Tanrım... Rosa...!"

Gözleri kısıldı, ona karşı ürpermesine neden olan gözle görülür bir ürperti.

Elini kaldırıp parmağını dudaklarına koydu.

"Bir erkek bana böyle dokunmayalı uzun zaman olmuştu... O kadar meşguldüm ki, pek dışarı çıkmıyorum...! Biz... fazla ses çıkaramıyoruz..."

Parmağını öptü, dilini parmağın ucunda kaydırdı ve onu izlerken şakacı bir şekilde, yavaşça emdi.

Göğsünü eliyle sıktı ve mırıldanırken yavaşça inlemesine neden oldu:

"Bu... tamamen benimle ilgili olmamalı. Seni istiyorum Rosa. Hepinizi. Sadece ağzınız değil, muhteşem göğüsleriniz bile. İkimiz de birbirimizden keyif alabilir, birbirimizi iyi hissettirebiliriz."

Yüzü uyarılmadan kızarmıştı (göğüslerinin pembe bir tonu bile vardı) ve meme ucunun sert olduğunu ve avucuna doğru çıkıntı yaptığını hissedebiliyordu.

Kadının elinin göğsünden yukarıya kaydığını ve aletini kavramak için tekrar aşağı indiğini hissetti.

Bu sefer onu sıktı, çok kasıtlı bir tokat attı.

"Temiz misin...? Değil misin...?"

"Eğer sen?"

Bir adım geri atıp eteğinin fermuarını yakalamak için uzanarak karşılık verdi .

Ereksiyonunun havada sallanmasını izlerken dudaklarını yaladı.

Eteği zahmetsizce bacaklarından aşağı kayıyordu, hemen ardından da hoş kesimli bir çift ipeksi mor külot geliyordu.

Heyecanının kokusu güçlüydü ve Andrew, Rosa'nın uyluklarının iç kısmında parıldayan, yumuşak dudakları boyunca kelimenin tam anlamıyla kendini süsleyen parlak ıslaklığı görebiliyordu.

"Uzun süre dayanabileceğimizden emin değilim..."

Elinde bir kat kağıt mendille muayene masasına otururken dudaklarını yalayarak sessizce güldü.

Rosa basamağa tırmanıyordu, bir bacağını adamın vücudunun üzerinden kaydırırken onun üstüne yerleşti, heyecanla nefes alıyordu.

Onun aletini yakaladı (eli titriyor muydu?) ve ona baktı.

Ellerini saygıyla çıplak vücudunun yumuşaklığı üzerinde, kalçalarına yerleşinceye kadar kaydırdı.

Onu kendine çekti, zonklayan ucunu ıslak girişine dayadı ama daha ileri gitmedi.

"Tek sen olmayacaksın Rosa. Umarım bu senin için sorun olmaz. Önyargı yok, unuttun mu?"

Kız onun üzerine kayarken sessizce inlemeye çalıştılar.

Vücudunun ıslak sıcaklığı onu rahatça sardı ve ağrıyan ereksiyonunu derinliklerinin derinliklerine sardı.

Onu tamamen ele geçirirken başını geriye attı, ağzı sessizce açıldı.

Kalçalarını onun vücuduna sürtmeye başladı.

Göğsü inip kalkarak ellerini uzanıp ikisini de yakalamaya davet etti ve adam altında titrerken hafifçe sıktı.

Tepki verirken titrek sesi çoğunlukla alçak kalmayı başardı.

"Ahhh! Tanrım...!"

Başını ona aç bir şekilde bakmak için indirirken ellerini göğsüne koydu.

Ona binmeye başladığında kalçaları sallanmaya başladı.

Andrew'un elleri onun derisi üzerinde kaydı, vücudunun yanlarını okşadı, kalçalarını sıktı ve uzanıp onun sert, biçimli kıçını kavramaya çalıştı.

Parmakları ona doğru kıvrıldı, onu kendine doğru daha sert çekerken etini kazıyordu, bu arada hareketlerini kendi hamleleriyle karşılamak için bacaklarını kullanıyordu.

Onun altında nefes nefeseydi.

"Kendini...çok...iyi hisset, Rosa...kahretsin...iyi!"

Utangaç bir şekilde gülümsedi ama sadece adımlarını artırdı, onu umutsuzca sikti, derin bir tatmin içinde homurdanırken gözleri yarı kapalıydı.

Kağıt, hareketlerine tepki olarak zaten kontrolden çıkmış olan Andrew'un altında buruştu.

Vücudunun üst kısmını çok fazla hareket ettirmemeye çalıştı ama bir dereceye kadar umurunda değildi.

Penisi Rosa'nın dar sınırları içinde hevesle zonkluyordu; bu onun çok uzun zamandır tadını çıkaramadığı tam bir sertlikti.

Ona binerken kaygan kedisinin her dalgasını hissedebiliyordu .

İki hayvan gibi patlarken iç kaslarının her sıkışması ve titremesi.

Amcığı gittikçe daha sık kasıyordu.

Rosa'nın enerjik temposu giderek çılgınlaştı, ta ki nefesinin kesildiğini duyana kadar.

Geriye doğru eğilirken omurgasının gergin olduğunu gördü ve doruğunu horozunda hissetti.

Ancak hiç durmadı.

Rosa ağzı kapalı bir şekilde keyifle inlerken alt dudağını ısırarak ilerlemeye devam etti.

Andrew taşaklarının gerildiğini hissedebiliyordu, daha fazla dayanamayacağını biliyordu.

Tekrar yumuşayacağı ve bu güzel, seksi tanrıçayı becerme yeteneğini kaybedeceği düşüncesi korkunçtu ama elinde değildi.

Çok iyi hissettirdi.

BU çok iyi hissettirdi.

Nefes nefese, ellerinden birini hareket ettirdi, terli, çarpışan vücutlarının arasını aradı ve kendisi sikerken klitorisinin ovuşturacağını buldu.

Rosa'nın gözleri genişledi, ağzı sessiz bir çığlıkla açılırken bakışları yeniden onunla buluştu.

Amcığı ona eskisinden daha da sıkı sarıldı .

Kendine tamamen hakim olamayan Andrew, bir yıldan fazla bir süredir ilk kez orgazmının kendisine kadar geldiğini hissetti.

Rosa'nın amının içinde sert, kalın boşalma jetleri patlayarak Andrew'un kontrolsüz bir şekilde inlemesine neden oldu.

Ta ki Rosa kendi gagasının ortasında onu susturmak için ellerinden birini ağzına kapatana kadar.

Birbirlerine karşı titrerken, coşku içinde birleşirken ağzı çılgınca sırıtıyordu.

Birbirlerinin vücutlarının zevkine tam bir hoşgörüyle.

Vücudu onun altında kıvranıyordu ve o da ona karşı eziyet etmek için elinden geleni yaptı .

Kadının hevesle kabul ettiği amına giderek daha fazla sperm pompalamaya devam etti.

Bir yıl boyunca bastırılan cinsel hayal kırıklığı sonunda Rosa'nın vücudunda patladı.

Her patlama Andrew'un kaslarındaki tüm gerilimi tamamen yeni bir seviyede gevşetiyor gibiydi ve bu da onu sanki uyuşturulmuş gibi bir mutluluk denizinde yüzmeye bırakıyordu.

Rosa onun üzerine çökerken gülmesini bastırdı, elleri açgözlülükle vücudunu okşuyordu, Rosa başını onun kıllı göğsüne doğru hareket ettirdi, ona bakarken nefes nefeseydi.

"Bunu yaptığımıza inanamıyorum...! Tanrım, çok fazla boşaldım ..."

Andrew'un kolları içgüdüsel olarak Rosa'nın bedenini sardı, elleri derinin yumuşaklığını saygıyla okşarken onu kendine yakın tuttu.

Kendini toparlamaya çalışırken göğsü hızla inip kalkıyordu.

Ona bakarken yüzünde bir gülümseme oluştu.

"Bir yıl ya da en azından neredeyse. Ve hala daha çok zamanım varmış gibi hissediyorum."

Sevinçle mırıldandı, göğsünün titreşmesine neden oldu.

şaşırtıcı derecede sert olan ve hâlâ içinde olan aletinin etrafındaki spazmı hissedebildiğine yemin etti .

"Vücudumla ya da ağzımla seni son damlasına kadar sağmaktan başka bir şey istemiyorum, ama burada ne kadar uzun süre kalırsam hemşirelerden birinin gelme ihtimali o kadar artar... ve dava açamam." bana karşı ihmal veya taciz suçundan dava açıldı!"

Andrew, Rosa'nın yanağını okşamak için elini kaldırdı, dudakları onunkileri buldu ve onu yavaşça ve şehvetli bir şekilde öptüler.

Gözlerini kapattı, onun dudaklarının ve vücudunun tadını çıkardı.

İnsan böylesine inanılmaz bir kadınla orgazm sonrası sersemlikten nasıl keyif alırdı!

"Teşekkür ederim Rosa. Bu... harikaydı. Yeniden böyle hissedebilmenin ne kadar güzel bir duygu olduğunu anlatamam."

Rosa'nın alt dudağını ısırırken yanakları kızardı.

"Gerçekten bunu mu demek istiyorsun...?

"Geçen yıl gerçekten sertleşmedin ya da doruğa ulaşmadın mı?"

Andrew başparmağını hâlâ onun yanağına sürterek biraz güldü.

Diğer eli çıplak poposunu avuçlamak için hareket etti.

Bir kadınla tekrar böyle olmak iyi hissettirdi.

"Ne yani, tüm bunlar hakkında yalan söylediğimi mi düşündün?

"Sadece pantolonunun içine girmek için mi?"

Omuz silkerek biraz utangaç bir şekilde gülümsedi.

"Bu, benzer bir şeyin başıma ilk gelişi değil. Bu çoğu kızın başına geliyor."

"Yemin ederim, bir yıldan fazladır orgazm olmadım ve en azından şu ana kadar bu kadar sertleşmedim. İlk kez bir kadına nüfuz edebildim, bırakın onun içine boşalmayı ya da bir yıldan fazla bir süre boyunca onu sikime boşaltın. Şu anda kendimi coşkulu ve lezzetli bir şekilde cömert hissediyorum."

Rosa güldü, dudaklarından hızlı bir öpücük almak için eğildi ama aynı zamanda doğruldu.

Kalçalarını bir anlığına ona doğru hareket ettirdi, gözleri kısılmış haldeyken genişçe gülümsedi .

Ama yavaş yavaş kendini onun horozundan kurtardı.

Amından bir meni seli kaçtı ve vücudundan aşağı kayarak leğen kemiği boyunca birikti.

"Pekala, o zaman gururum okşanmış ve aynı zamanda da son derece rahatlamış hissediyorum. Dürüst olmak gerekirse, vibratörüm ve ben sık sık arkadaş olmamıza rağmen benimle yatmayalı uzun zaman oldu. Ve ben... ben hiç yatmadım. daha önce buna benzer bir şey olmuştu." .. "

Gergin görünüyordu ama Andrew gülümsemeden edemedi.

Bağlantılardan ve sıradan seksten kesinlikle payına düşeni almış olsa da, bu... tamamen farklı bir şeydi ve kendisi ne söyleyeceğinden gerçekten emin değildi.

Kendini yere indirirken meni birikintisini gördü ve neredeyse temizlemek için bir şeyler almak üzere arkasını döndü ama adam onun durup ona bakmasını izledi.

Daha sonra eğilip tekrar ağzınıza götürün.

Onu hafifçe emerken dili dökülen tohumu yalıyordu.

Andrew'un nefesi kesildi, sırtı kasılırken elleri masanın kenarlarını sıkıyordu ama yaptığı şeyden gözlerini alamıyordu.

Kadın yavaşça ondan uzaklaştıktan sonra bile horozu zevkle zonkluyordu.

Önce penisinin ucunu öptü, sonra da etinden birkaç hatalı meni parçasını yaladı.

Tekrar ayağa kalkıp horozuna bakarken utanarak ona gülümsedi.

Açıkça yine tamamen sertti.

"Görünüşe göre artık sertleşmenizde bir sorun yok Bay Harrison."

Andrew, Rosa'nın kendi kıyafetlerini almak için eğilmesini izlerken öne doğru oturup kıyafetlerini almaya çalışırken mutlulukla ürperdi.

"Sanırım beni iyileştirdiniz Bayan Martinez."

Gülümsedi ama ona kıyafetlerinden bazılarını verirken şakacı bir tavırla aletine dokunmak için uzandı.

"Katılmıyorum efendim; sanırım bu haftanın ilerleyen zamanlarına bir takip randevusu ayarlamanız gerekecek. Durumunuzu yakından izlememiz ve hastalığın tekrarlamadığından emin olmamız gerekiyor."

Şakacı gülümsemesi biraz soldu.

"Bu ciddi bir durum ama yine de ben... sanırım fiziksel rahatsızlıkları eleyebiliriz ama... ama emin olmak istiyoruz. Değil mi?"

Andrew hafifçe gülümseyerek elini kaldırdı.

"Anlıyorum, Dr. Rosa. Ve konsültasyona geri dönmeyi çok isterim. Resmi olarak ve... hatta gayri resmi olarak, eğer sizin için uygunsa. Ben... açıkçası hızlı bir muayene yapmanızı bekliyordum ve beni bir psikoloğa yönlendirin. "Zihinsel veya duygusal bir sorun olduğunu" düşündüm .

Kızardı ama külotunu giyerken başını salladı.

Yavaş yavaş kumaşın içine karanlık bir daire sızdı ve onu görmek Andrew'u daha da heyecanlandırdı.

Sutyenini tekrar takmaya gitti ama Andrew ona merakla bakarak yaklaşmasını işaret etti.

Rahatladı ve tekrar ona yaklaştı.

Hemen yumuşak bir iç çekişle çıplak göğüslerini okşamak için elini kaldırdı.

"Teşekkür ederim. Üzgünüm, sen sadece... bence inanılmaz derecede seksisin ve işler o kadar aceleye geldi ki... ben... elimdeyken onlara dokunma fırsatını kaçırmak istemedim ."

Yumuşakça gülümsedi, yanağını öpmek için eğildi, sonra da elbiselerini tekrar giymek için geri adım attı ve resmi tartışmayı yüksek sesle sürdürmeye çalıştı.

"Muhtemelen öyle, ama hemşirelere evrak işlerinin tam olarak ne olduğunu söylemediğinize göre, muhtemelen... belirtilerden emin olabilmemiz için burayı bir kez daha ziyaret etmenizi ayarlamalıyım."

Başını salladı, ayağa kalktı ve kendi kıyafetlerini giymeye başladı.

Rosa kıyafetlerini yeniden düzenlemeyi bitirirken ona kısaca baktı.

Düşüncelere dalmış halde kalem eteğini düzeltti.

Sonunda sessizliği bozdu.

"Eğer istersen, ben... telefon numaranı memnuniyetle kabul ederim. Dürüst olmak gerekirse, o anın sıcaklığı dışında bu konuda ne hissettiğimden emin değilim, ama..."

"Tamamen anlıyorum Rosa. Biliyorum... birbirimizi pek iyi tanımıyoruz ama... umarım bunu hafife almadığımı biliyorsundur, bana güvenilebilir ve ben... çok minnettarım... olup biten her şey. Bunların hiçbirini seni incitmek için asla kullanmam ya da kasıtlı olarak seni herhangi bir şekilde incitmem. Eğer bunun bir daha olmasını asla istemezsen, bu seçimi kabul eder, saygı duyar ve anlarım. ama umarım pişman olmazsınız ve umarım "En azından hastan" olmaya devam edebilirim. Buraya bir nedenden dolayı geldim; geçmişiniz ve doktor olarak yeteneklerinizin hakkındaki geri bildirimleriniz. Size anlatamam.

bu beni ne kadar mutlu etti, ya da... nasıl yeniden bir erkek gibi hissetmemi sağladı." .

Rosa'nın omuzları biraz çökmüş gibiydi.

Sıcak bir şekilde gülümserken duruşundaki gerginlik kaybolmuştu.

"Teşekkürler Andrew; bunu gerçekten takdir ediyorum. Ben de... olup bitenlerden gerçekten çok keyif aldım."

"O zaman sana numaramı bırakabilir miyim?"

Başını salladı ve bir kağıt ve kalem almak için döndü.

Sonra bunu ona teklif etti.

Onu aldı ve hızla numarasını yazdı, sonra ona geri verdi.

Üst çarşafı yırtıp bluzunun küçük cebine tıktı.

Gözleri buluştu, bir an oyalandılar, sonra Andrew gülümsedi ve kollarını açtı.

"Sarılır mısın...?"

Sarıldıklarında başını sallayarak güldü.

Geri çekilip Rosa eşyalarını toplamak için döndüğünde gözleri ofisi taradı.

Muayene masasının üzerindeki kağıt mendilin korkunç derecede buruşması dışında kimse az önce burada ne olduğunu anlayamıyordu.

Andrew ne yaptığını anlayarak havayı biraz kokladı ve sonra pencerelerden birine gidip onu açtı.

Rosa utanarak gülümsedi ve başını salladı.

"Bu durumda Andrew... ah, Bay Harrison, yaşadığınız bu sorunun temeline ineceğiz, ancak bu haftanın ilerleyen zamanlarına kontrol için başka bir randevu almanız gerekecek. ve ne kadar erken olursa o kadar iyi."

Dudağını ısırdı, ona göz kırptı ve sesini alçaltarak şöyle dedi:

"Bekletme beni".

.

OFİSTE

"Başka bir şeye ihtiyacınız var mı Bayan Sanders?"

Basılı elektronik tablonun bulanık satır ve sütunlarından başımı kaldırdım ve ofisimin kapısında duran ve çantasını sağ omzuna asmış sekreterim Vicky'ye gözlerimi kırpıştırdım.

Arkasında bir yerlerde, ofisteki diğer kızların hafta sonu işlerini kapatırken gevezelik ettiklerini duyabiliyordu.

Sözleri nihayet aklımda yer edindiğinde ona hızlıca başımı salladım ve parmaklarımı oynattım.

"Devam edin . Beş dakika içinde buradaki işim biter. İyi hafta sonları."

Bir anlığına gözlerini kıstı ama son sözlerimi sadece bir gülümsemeyle tekrarladı ve ardından dönüp iş arkadaşlarına katıldı.

Evet beni çok iyi tanıyordu.

Normal bir günde beş dakika genellikle on beş ile yirmi arasıydı. Ancak bu, üç günlük uzun bir hafta sonundan önceki Cuma günüydü ve Salı sabahı teslim edilmesi gereken üç aylık raporun özetinin tamamlanmasıyla birlikteydi.

Kimi kandırıyordum?

En azından birkaç saat burada olurum.

doğru sayıları elde etmeye odaklanabildiğim takdirde mümkündü .

Biraz ilerleme kaydettiğim ilk saatten sonra, kafeinli soda almak için dinlenme odasındaki otomat makinesine hızlı bir yolculuk yaptım.

Masama döndüğümde derin bir içkinin boğazımı gıdıkladığı karbonatla masamın üzerine eğilerek durdum.

Belki farklı bir bakış açısı yardımcı olabilir.

Tam o sırada alçak bir homurtu duydum.

Bu sesin sahibini tanıdığım için şaşırmak şöyle dursun, başımı kaldırdığımda Bay Robert González'in kapı pervazına yaslanmış, elleri dar pantolonunun cebinde olduğunu gördüm.

Tamamen siyah olmamasına rağmen, en azından görebildiğiniz kısmı olmasa da, uzun boylu ve yakışıklı olmanın simgesiydi.

Gümüş renkli saçlarının yanları ve arkası daha kısa kesilmişti, bu da onu olması gereken kırk küsur yıldan daha yaşlı gösteriyordu.

Hafif bronzlaşmış cildi, diğer erkek yöneticilerle bağ kurmayı henüz başaramadığını bilmesine rağmen dışarıda olmaktan çekinmediğini gösteriyordu.

"Gece yarısı enerjinin son damlalarını mı kullanıyorsun, Erika?"

Bakımlı kaşlarımı kaldırdım ve sonunda cevap verdim:

"Saat altı. Henüz öğleden sonra."

Hafifçe omuz silkti.

"Bir yerlerde gece yarısı."

"Londrada."

"Hmm?"

"Burada saat altıysa, Londra'da gece yarısıdır."

Robert kıkırdadı.

"Sen ve numaraların."

Gözlerimi devirdim ve bir elektronik tablo sütununun tepesini bulmak için öne doğru eğildim ve parmağımı aşağı kaydırdım.

Daha derin bir hırıltı kulaklarıma ulaştı.

Tam zamanında yukarı baktığımda kravatının düğümünü boğazına düzelttiğini gördüm.

Bir saniye sonra gömleğimin üstünü görebildiğini fark ettim.

Aniden ayağa kalktım, sandalyeme oturdum ve yanaklarımın kızardığını hissederek masaya doğru yürüdüm.

O iç çektiğinde gülümsememek için kendimi zor tuttum.

"Senin için ne yapabilirim Robert?"

Kelimeler ağzımdan çıktığı anda gözlerimi kapattım ve dudaklarımı büzdüm.

Lanet olası Freudyen sürçme.

"Ben bir ücret almıyorum Erika, ama eğer ödemeye razı olursan..."

Yeniden önüme yayılan basılı sayfalara odaklanıyormuş gibi yaparak, "Bu bir hataydı," diye mırıldandım.

İçimden gönülsüzce gitmesi için ona yalvardım.

Şirket tamamen tatsız değildi.

Ama bu raporu eve gidip bir kadeh şarapla sıcak küvetime girip Salı sabahı alarmım çalıncaya kadar hiçbir şey düşünmemek için yapmak istedim.

"Sayılar direniyor, ha?" dedi yumuşak bir kahkahayla.

Halının üzerinde uçuşan ayakkabıların hafif sesi duyuldu.

Bir süre sonra masamın önünde duruyordu.

Tekrar yukarı baktığımda kaşını kaldırmıştı ve takım elbise ceketini çıkarıp ziyaretçi sandalyelerinden birinin arkasına koyarken gülümsemesi genişledi.

Karşı sandalyeye oturmadan önce büyük elini gri düğmeli yeleğinin önünden aşağı kaydırıp beyaz gömleğinin manşetlerini çekiştirirken yutkundum .

Sağ dizini sol dizinin üzerine attı ve ellerini kucağında birleştirdi.

Çalışırken onu görmezden gelmeye çalıştım, ara sıra soda kutumdan içtim.

Ve şerefe, rakamlar anlamlı olmaya başladı.

Sonunda raporumu yazmaya başlamam çok uzun sürmedi.

Konuşmuyordu ama nefes alıp verişini duyabiliyordum.

Gözlerini üzerimde hissediyorum.

Ancak müşterilerin buna alışkın olduğumdan Robert'ın ilgisi beni şaşırtmadı.

Çevresel görüşümde yavaş yavaş yeleğinin düğmelerini çözdüğünü ve kravatının düğümünü gevşettiğini görebildiğimde bile.

Pozisyonunu ayarlayıp koltuğa rahat bir şekilde otururken dudağımın içini ısırdım, uyarıldığını gizlemeye çalıştığını düşünmemeye çalıştım.

Gözlerimi bilgisayar ekranına sabitleyerek, raporumda kayıplarımızın nereden geldiğini belirttim ve ardından bu fonların önümüzdeki iki çeyrekte geri alınmasına yönelik bir teklifin ana hatlarını çizdim.

Birkaç dakika sonra sesi beni şaşırttı ve bana varlığını hatırlattı.

"Orada gerçekten çok çalışıyormuşsun gibi görünüyor Erika. Bana göz ucuyla baktığında bile. Bunları fark etmediğimi mi sanıyorsun?"

Boğazımdaki yumru birdenbire ortaya çıkmış gibiydi.

Aslında yutkunmak acı veriyordu ve bu sefer gazozun faydası olmadı.

Ona hızlıca bakmak kötü bir fikirdi.

Bir anlığına gözlerimi kapattım ve yeniden odaklanmak için hızla gözlerimi kırpıştırdım.

Robert'ın başı yana eğikti, ağzının kenarı seğiriyordu.

"Sorun ne? Kedi dilini mi kaptı?"

Onu görmezden gelmeye devam ettiğimde "tsi, tsi, tsi" sesi çıkardı.

Ayağa kalkıp masamın etrafında dolaşıp tam arkamda durduğunda yumuşak bir şekilde küfretmeden edemedim.

"Çok fazla çalışıyorsun. Bugün hafta sonu. Evde ya da dışarıda eğlenmelisin, ofiste vakit geçirmemelisin."

Saçlarımın diplerine dokunduğunu hissedince ürperdim.

Parmaklarım bir an klavyenin üzerinde titredi.

Nefes verirken nefesim bile düzensizdi.

Lanet olsun bu adama.

İki aydır patronların bizi şirket toplantısında tanıştırmasından beri aklımdaydı bu.

Aynı yetki seviyesindeydik ama farklı departmanlardandık.

Alanlarımızın giriş ve çıkışları kesişmiyordu bile.

Ancak haftada en az bir veya iki kez ofisime uğramak için bir neden bulmuştu.

Ama saatlerden sonra asla.

Ve hiç bu kadar... piyasaya sürülmemişti.

Her zaman profesyonel olmuştu ama ipin ucunda dans etmişti.

Gizlice, biraz fırlatmasını diledim.

Onu ihbar etmem için bana nedenler vermek değil, ama benimle gerçekten ilgilenip ilgilenmediğinden ya da sadece erkekliğini sergilemekten hoşlanıp hoşlanmadığından emin olmak için.

Şirketteki tek yönetici oydu.

Çoğu erkek bu durumu kabul ediyor gibi görünüyordu.

Birkaçı bana su soğutucusunun başında kadınların masanın diğer tarafında yer aldığını düşündüklerini belirtmişti ama kimse bunu yüzüme söylemeye cesaret edememişti.

O anın Robert'tan hiç gelmemesi için dua ettim.

Ve şimdi?

Birden fazla kez rüyalarıma giren adamın gerçek yüzünü nihayet göreceğimi hissettim.

Ancak bundan pişman olur muyum?

yalnızdık

Ofis pencerelerimin ötesinde zeminin geri kalanı karanlıktı.

Ve bu saatte binada başka birinin bulunmasına da gerek yoktu.

Temizlikçiler Cumartesi sabahına kadar gelmediler.

Ya Robert'ın niyeti onurlu değilse?

Ve eğer...

"Görünüşe göre biraz stres atmaya ihtiyacın var, öyle değil mi?"

Sesi kulağımın hemen yanındaydı, dudakları hafifçe kulağıma sürtünerek nefesimin kesilmesine neden oldu.

Konuşurken saçlarımı taradı.

Daha sonra kulak memmi ısırdı.

"Bana cevap ver Erika."

Ateş ve Buz.

Onun sözleriyle bedenimde neler hissettiğimi ancak bu şekilde tanımlayabilirdim... onun hareketleriyle.

Hareket edemiyordum.

Zar zor nefes alıyor .

Ve kesinlikle cevap verecek düzgün bir sesim yoktu.

Robert aniden ellerini masanın her iki yanıma koydu ve alanımı daha da işgal etti.

En azından aramızda sandalyenin ince arkalığı vardı.

Şimdilik.

Bacaklarım titriyordu.

Tanrıya şükür, çoktan oturmuştum.

Beklediğin şey buydu, değil mi?

Bakarsam duygularım üzerindeki son kontrolümü de kaybedeceğim korkusuyla ona bakmamak için savaştım.

yüzüme doğru eğildiğinde dudaklarımdan kaçan küçük inlemeye engel olamadım .

Dudakları yine kulağıma dokundu.

"Ne istediğini biliyorum..." diye fısıldadı, lobumu yalayarak. "Ne istiyorsun."

Hiçbir uyarıda bulunmadan uzanıp sol bileğimi nazikçe ama sert bir şekilde tuttu, masadan alıp sandalyemin arkasına getirdi.

Elimin arkasını avucunun içine alıp sıkıca kasık çıkıntısının üzerine yerleştirdi.

Gözlerimi sımsıkı kapatarak daha yüksek bir sesle bağırdım.

Her iki elim de içgüdüsel olarak kapandı, sol elim onun örtülü ereksiyonunu daha da sardı.

Amım bu hisle kasıldı.

Hafif bir inleme çıkardı ve elimi tekrar masaya koydu.

Varlığının sıcaklığı azalmış gibiydi ama bu omuzlarıma yükselen ürpertiyi durdurmadı.

Derin bir nefes verirken sıcak nefesi hala ensemin arkasını okşuyordu.

Bir dakika sonra sandalyemde yavaşça ona doğru döndüm... gözlerimin doğrudan kasıklarıyla aynı hizada olmasını sağladım.

Nefes nefese sandalyede arkama yaslandım ve bakışlarımı onun dudaklarını yaladığını görecek kadar yukarı kaldırdım.

Daha sonra beline yerleşen ve deri kemerini çözen ellerini takip ettim.

Düğmeyi o kadar yavaş açtı ki, fermuarı indirene kadar gerçekten yapıp yapmadığından emin olamadı.

Daha düzensiz nefes alıp dudaklarımı yalamaya başladığımda ondan bir inleme duydum.

"Peki ya o ıslak küçük dil? Tanrım, çok seksisin, Erika," diye homurdandı, boxerına uzanarak.

Ama bir saniye sonra durdu ve elini çekti.

Pantolonu baştan çıkarıcı bir şekilde kalçalarından sarkarken, pazlarımdan tuttu ve beni kolayca ayağa kaldırdı.

Düşünecek zaman yoktu.

Görüşümü belirtmek için.

Bir an nefesimi tutuyordum, sonra sıcak dudakları daha önce hiç yaşamadığım bir şevkle benimkilere bastırdı.

Sıcaklık.

Tutku.

Çaresizlik.

Açlık.

Bunların hepsi kafamın içinde dönüp duruyordu.

Ben de tüm bunları hissediyor muydum?

Dili ağzıma girdi ve bunu iddia etti.

Parmakları kollarımı sıkılaştırıp beni kendisine daha da yaklaştırdı.

Vücudumun geri kalanı ona yaslanırken beni öne doğru bastırdığında kafam geriye doğru atıldı.

O yumruyu şimdi başka yerlerde de hissediyorum.

Bana baskı yapıyorsun.

Beni ovuşturuyor.

Beni harekete geçiren.

Onun öpücüğünün içinde eriyordum ki, inlerken kendimi yeniden otururken buldum.

Nefes nefese.

Az önce ne olduğunu merak ediyorum.

Robert'ın nefesi düzensizdi.

Ve iki eliyle masanın kenarını tutarak masaya yaslandı.

Bana bakıyor, gözleri kocaman.

Hafifçe inip kalkan göğsüne baktığımda çenemi kaldırdı.

Benim için tuttu.

Daha sonra başparmağını alt dudağımın üzerinde gezdirdikten sonra bir saniyeliğine ağzıma bastırdı.

Bu fırsatı değerlendirdim ve parmağını yaladım, bu da onun homurdanmasına neden oldu.

Daha derine itti.

Çok geçmeden başparmağının ucunu ilk eklemine kadar emiyordum, o da yavaşça ağzıma girip çıkarıyordu.

Çenem hâlâ parmaklarının arasındaydı.

Gözlerim ona odaklanmıştı.

İkimiz de yumuşak zevk sesleri çıkarıyorduk.

Ve amım sıkılaşmayı bırakmadı.

Bir anda eli kaydı.

Beni ayarlamak için çenemi çekiştirdi ve öne düştüm.

Avuçlarımı bacaklarının üzerine yerleştirerek dengemi yeniden sağladım.

Kasıkının hemen yanında.

Sonuç olarak inledim ve parmağını daha sert emdim.

Başparmağını ağzıma sokup çıkarmaya devam ederken verdiği tek tepki şaşkınlık tıslamasıydı.

Sonra ellerim kıyafetlerinin altındaki sert kasları sıkarken inledi.

Bir süre sonra kendini kurtarmış ve ayağa kalkmıştı.

Robert tekrar boxerına uzandı ve keskin bir nefes vererek aletini hızla serbest bıraktı.

Kırmızı ve heyecanlı görünen taç dudaklarımın sadece birkaç santim uzağında duruyordu.

Ucu, ortasında tek bir inci damlasıyla parlıyordu.

Beklentiyle dilim ağzımdan düştü.

"Hadi."

Onun kaba onayı inlememe ve dudaklarımı tekrar yalamama neden oldu.

"Hadi kaltak."

Parmaklarım parmaklarımın yerini alıp sert organının kadifemsi dokusunu sararak onu sabit tutarken vücudu biraz sallandı.

Dilimin ucunu penisinin gözüne getirdiğim anda yüksek sesle inledi.

O inciye doğru.

Yalayıp tekrar ağzıma götürdüm.

Zevkinin tuzluluğunun tadını çıkarıyor.

Şimdi titreyen, destek almak için yine masamın kenarına yaslanan oydu.

Öfke damarlarımda yükselirken bir kez daha yaladım.

Bu sefer dilimin düz kısmı esnek kafasının düz kısmında.

Ondan gelen bir küfür daha beni daha da cesaretlendirdi.

Üçüncü yalayışım daha cesurdu, tepenin etrafında dönüyordu.

Uzatılmış boynuna ve kapalı gözlerine hızlı bir bakış, onu istediğim yere getirdiğimi gösterdi ... birkaç dakikalığına da olsa insafına kalmıştım.

Bir sonraki yalamada dudaklarımı taçlarının etrafına kapatarak, elimi büyük aletinin etrafında nazikçe sıkarken emdim.

"Siktir, sürtük, nasıl emileceğini nereden biliyorsun!"

Onun hamlesini tahmin etmiştim ve geri adım attım, aleti yumuşak bir pop sesiyle serbest kaldı.

Derin bir nefes aldıktan sonra tekrar ağzıma attım.

Şimdi daha derin.

Okşayarak emmek.

Elini başımın üstüne koyup parmaklarını yavaşça saçlarımın arasından geçirirken inledi.

Sandalyeyi ileri doğru hareket ettirdiğimde, onun dilimin üzerinde kaymasının zıt, sert ve yumuşak hissinden keyif aldım.

Serbest kalan elimi bacağında aşağı yukarı gezdirdiğimde, giysisinin yumuşak dokusu... kıçını okşamak için.

Burnum dibine her yaklaştığında teninde oluşan erkeksi misk kokusu.

Ama tıpkı öpücüğünde olduğu gibi, ben durmaya hazır olmadan o da geri çekildi.

Beni inleyerek bırakıyor.

Sonra beni yeniden ayağa kaldırdı, topuklarımın üzerinde yalpalıyordum.

"Erika," diye çıkıştı, dudaklarını yaladı.

Gözlerimi arıyorum.

Beni sağ kolumdan tutarak kendisine yaslayan serbest eli sırtıma doğru kaydı ve aşağı kayarak kıçımı okşadı.

İnlemem üzerine alt dudağımı dişlerinin arasına aldı.

Sonra ben bedenimi onunkine bastırıp kollarına yapıştığımda o da nazikçe emdi.

"Robert!" Aniden beni kalçalarımdan tutup masama oturttuğunda nefesim kesildi.

Kalem eteğimi yukarı doğru itip bacaklarımı ayırdı ve aralarına girdi.

Onun aleti aramızda duruyordu ve onun sünnetinin ıslaklığının gömleğimi ıslattığını hissettim.

Bir eliyle sağ bacağımı uyluk hizasındaki çoraplarımın arasından okşarken başımın arkasını avuçladı ve beni öptü.

Çok zor.

Gözlerim kapalı, sonunda onun kucağına gömüldüm, ellerim onun üzerinde geziniyordu.

Omuzlarına dokunmak.

Kaslarının esnediğini ve rahatladığını hissetmek.

Gömleğinin içinden sıcaklık yayılıyordu.

Daha sonra boynunun arkasındaydı.

Dili ağzımı yağmalarken saçları parmak uçlarımı gıdıklıyordu.

Bacağımı onunkine sarmaya çalışırken ayakkabılarımdan biri çıtırdayarak düştü.

O da hareket halindeydi.

Kalçasına sürtünen diğer dizimi de tuttum.

Yavaşça boynumun arkasını sıkıyor, eğilmeme ve inlememe neden oluyor.

Daha sonra göğsümün yan tarafını okşadı ve ardından avucuna alıp daha da sıktı.

Başparmağı bluzumun ve sutyenimin içinden göğüs uçlarımı okşadı.

Midemde horozunun zonkladığını hissedebiliyordum.

Sert ve sıcak.

Sol elimle hâlâ boynunun arkasını tutarak sağ elimi aramıza kaydırdım ve kaşınan parmaklarımı tepesinin hemen altındaki aletinin etrafına sardım.

Daha sonra başparmağımı ucun üzerinde ileri geri gezdirerek ince sıvıyı oraya yaydım.

Yarıkla daha çok dalga geçiyorum.

Robert alt dudağımı tekrar ısırıp ağzına götürdü ve orada emdi.

Diliyle büktü.

Daha sonra tekrar dudaklarımı dudaklarıyla kapattı.

Dilimi dansa davet ediyorum.

Beni öptükçe daha da hırlıyordu.

O beni öptükçe ben de ona karşı daha çok dalgalanıyordum.

Ensemin arkasında parmaklarımın altında ter oluştu.

Bunu kürek kemiklerimin arasında da hissedebiliyordum.

Bir kez daha geri çekildi ama sadece ağzımıza girdi.

Alnını benimkine dayadı, sıcak nefesi yüzüme çarpıyordu.

Onun aletiyle oynamaya devam ettim, sol elim artık arkamdaydı.

"Sen...şakacı...bir...sürtüksün," diye soludu, geri çekildi ve beni usulca öptü.

Elini eteğimin altından kalçama doğru kaydırdığında bıraktım ve destek için diğer elimi de arkama koymak zorunda kaldım.

Sonra parmakları daha da içe doğru gittiği için alt dudağını ısıran ben oldum.

"Bok!" Parmak eklemi külotla kaplı kedime sürtündüğünde tüm vücudum sarsıldı.

" Sen hassassın." dedi kıkırdayarak.

Dudaklarını ağzımın köşesine sürterek parmak eklemleriyle bana üç kez daha vurdu.

Her darbede daha da baskı yapıyordu.

"Hımm. Erika?"

"Ee ne?" Gözlerimi kırpıştırıp yutkunmaya çalıştım.

"Çok ıslanmışsın sevgili sürtük."

Kollarım çözüldü ve homurdanarak masaya düştüm.

Külotumun altında amımın dışını okşayan bir parmak hissettiğimde gözlerim geriye döndü.

Çenem düştü ve sesim boğazımın gerisinde kaldı.

"Çok zenginsin" diye mırıldandı.

Çevresel görüşümde Robert'ın ortadan kaybolduğunu gördüm.

Bir saniye sonra, amımdan aşağı ıslak bir şey aktı.

Sonunda çığlık attım, onun dili olduğunu fark ettim.

Sonra soğumaya başladı.

Sırtımı büküyorum.

Kalçalarımı büküyorum.

Avuçlarımı altımda dağılmış kağıtlara vuruyorum.

Aşağıda külotumu çıkarmıştı ve dudakları, dişleri ve diliyle bana saldırıyordu.

Ama asla nüfuz eden bir şey yok.

Ve yine de vücudumun sessizce yalvardığı şey buydu.

Bir şey... herhangi bir şey...

Yani herhangi bir şey değil.

Onun sikini istiyordum ama şimdilik bir veya iki parmakla yetinecektim.

Ancak aklımı okuyamıyordu.

Ve ne yazık ki ona doğrudan anlatacak kelimeleri bulamadım.

Bileğimi yakalayıp bacağımı yukarı kaldırıp dışarı çıkardığında diğer ayakkabım da yere düştü .

Muhtemelen başparmağıyla klitorisime vurduğunu ve daire çizdiğini duyunca daha da kıvrandım.

Ve o yavaşça amımı yukarı aşağı yaladığında gerçekten ciyakladım.

Yeniden başlamadan önce bir anlığına sıkı, hassas popo halkamla dalga geçiyorum.

Nefes nefese serpiştirilmiş bir dizi küfür mırıldandım.

İnledi ve bacağımı omzuna koyduktan sonra bıraktı.

Bir saniye sonra, bir çift parmağının dilinin bana bastırmadan önce yaptığı yol boyunca kaydığını hissettim.

"Robert!"

Ellerim yanlarımda kenetlenmişti, tüm vücudum masanın üzerinde kıvranıyordu.

Dokunuşundan uzaklaşmaya çalışmakla elini takip etmeye çalışmak arasında sıkışıp kaldığında, yalnızca yeniden itmek için geri çekilmeye başladı.

Bu sırada masadan düşen birçok şey takırdadı.

Onun derin, duyarlı kahkahası bana istenen tepkiyi aldığımı söyledi.

Aynı hızla devam etti, benimle alay edip içimdeki arzuları çarpıttı.

Ne zaman bacağım kaymaya başlasa, dizimin arkasını dirseğinin kıvrımından yakalayıp tekrar omzuna koyuyordu.

Nefes nefese ve adına küfrederek oraya varmam uzun sürmedi.

Kafamı masanın üzerinde bir ileri bir geri çeviriyorum.

Şimdi saçlarını sıkıyor ve elini bırakıyor.

Diğeri ise yalnızken yaptığı gibi dalgın dalgın bluzumun üzerinden göğsüme masaj yapıyordu.

Birkaç dakika sonra zihnim hâlâ bulanıktı.

Nefes almak bir angaryaydı.

Ayağını indirdiğinin farkındaydım ama hâlâ bacaklarımın arasında durduğu için bacaklarımı kapatamıyordum.

Parmakları hassas alt dudaklarımı okşayıp beni ürpertmeden önce birkaç saniye boyunca bir yandan diğer yana hareket etti.

Daha sonra tekrar emekli oldu.

Bir dakika sonra başımı doğrudan kulağımın altına kaldırdı, başparmağı elmacık kemiğimin yükselişini okşuyordu.

Tanıdık meyve sularımın tatlı aroması burnuma ulaştı.

"Erika mı?"

benim yüzümün önünde olduğunu gördüm .

Çenesini mi sıkıyordu?

"Daha fazla ister misin?"

Bu sefer gözlerimi kırpıştırdım.

Dudaklarımı yaladı.

Konuşmaya çalıştım ama sonunda başımı salladım.

Yumuşak bir hırıltı çıkardı.

"Söyle."

Amım kasıldı ve gözlerim bir anlığına odaklandı.

Konuştuğumda sesim sertti.

"Evet. Siktir et beni, Robert."

Kendi gözleri parlıyor gibiydi.

Derin bir nefes aldı ve bana kısa bir baş selamı verdi.

Elini yanağımın üzerinde tutarken, siki amıma dokunmadan önce sol eliyle külotumu tekrar kenara ittiğini hissettim.

İleriye doğru basıldı.

Onu içime koydu.

O içeri girerken aynı anda homurdandık.

Yavaş yavaş beni santim santim esnetiyor.

Ve sonra kasıkları benimkine dayanıyordu.

Kalçasını hızlı bir şekilde iterek biraz daha derine indi, boynumun geriye doğru eğilmesine ve ellerimin kollarını kavramak için yukarı fırlamasına neden oldu.

Geri çekilip tekrar öne doğru ittiğinde mırıldandım.

Biraz hızlandı.

Ritiminizi oluşturmak.

Düzensiz nefes alışverişim daha da gerginleşti.

Dudaklarımı yalamayı bırakamadım.

Çok yakın.

çok yaklaşmıştı .

Sol kolu üzerimdeydi, parmakları saçlarımı okşuyordu.

Başımı dokunuşuna doğru çevirdim ve gözlerimi kapattım.

Diğer eli göğsümü ya da kalçamı yakalayıp elbisemin üzerinden okşarken inliyordu.

"Benim için boşal."

Dudaklarını alnıma bastırdı ve dizimi yakalayıp tekrar kalçasına doğru sürükledi.

Sözleri üzerine sırtım bir spazmla kasıldı.

Beni hem içten hem de dıştan kasıtlı olarak okşaması karşısında çenem düştü .

Beni o uçurumun üzerinden itmeye devam etti.

Şuraya göz atıyorum.

Sonra onun adını boğdum, vücudum sağa ve sola dönmeden önce kasıldım.

Daha önce hiç söylemediği kelimeleri mırıldanıyordu... muhtemelen ne anlama geldiklerini bile bilmiyordu.

Lanet olsun, bunlar muhtemelen gerçek kelimeler bile değildi.

"Tanrım, çok güzelsin Erika."

Robert'ın nefes nefese kalması daha da zorlayıcı hale geldi.

Çıkardığı sesler sarhoş ediciydi.

Beni onun altında kıvrandırdılar.

Sanırım ikinci kez geldim, yoksa üçüncü mü?

Onun gergin olduğunu hissetmeden önce.

Daha sert itti.

Ve sonra vücudunu benimkinin üzerine bırakmadan önce adımı homurdandı.

Vücudunun sıcaklığı terden ıslanmış giysilerimizin katmanlarından sızıyordu.

Kalbi göğsümde benimki kadar çılgınca atıyordu.

Ya da belki de hissettiklerim bana aitti.

Sonra eli hafifçe saçlarıma bastırdı, başparmağı dalgın bir şekilde alnımı okşuyordu.

Hava yutmak ve dudaklarımı yalamak arasında gidip geliyordum.

Kim olduğumuzu, nerede olduğumuzu hatırlayacak kadar kendime geldiğimde, serbest bırakıldıktan sonra yanıma sıkıştırdığı sol kolunun arkasında elimi yukarı aşağı gezdirdim.

Artçı bir şok belimi sarstı ve uzuvlarımın seğirmesine neden oldu.

Amım sıkıldı ve onun aleti içimde seğirdi.

İkimiz de inledik.

Ağırlığını üzerimden kaldırdı ve tamamen ayağa kalkmadan önce beni usulca öptü.

Tamamen geri çekilirken dudağımı bir başka spazm karşısında ısırdım; masanın hâlâ destek için altımda olmasına sevindim.

Büyülenmiş bir halde, ilk günden beri radarımda olan adama baktım.

Hazırlıklı geldiğinden beri tüm bunları düşündüğünü, kullanılmış prezervatifi çıkarmasını, birkaç mendile sarmasını ve paketi çöp kutuma atmasını izlediğimde aklıma geldi.

Aletini kaldırıp pantolonunu düzeltirken önümde durdu.

Elbiselerini düzeltmeyi bitirmesini, belki de elini hafif dağınık saçlarının arasından geçirmesini bekliyordu.

Ama bana gülümseyip elini omzumun arkasına koyup kendimi konumlandırmama yardım ettiğinde şaşırdım.

Kalkmak.

Yüzümü iki elinin arasına alıp beni yavaşça öptü.

Daha sonra geri çekildi ve saçlarımla oynarken başını eğdi.

Gömleğimi omuzlarımdan düzeltti ve ellerini göğüslerimin üzerine doğru kaydırdı.

eteğimi düzeltti , beni sallayıp aptal gibi gülümsetti.

"Yine şık görünüyorsun."

Sesi çok yumuşaktı.

Çarpık gülümsemesi ve parlak gözleri, onun da muhtemelen hâlâ adrenalinden kurtulduğunu gösteriyordu.

Dengemden emin olduğumda ayaklarımı kullanarak topuklarımı yukarı kaldırdı ve ayakkabılarımı tekrar giyebilmem için doğru yöne doğrulttu.

sanki kendisi yapmamış gibi her şeyin iyi hissettirdiğinden emin olmak için ellerimi göğüslerimden kıçıma kadar vücudumun üzerinde gezdirdim .

Daha sonra gözlerimi masama çevirdim ve kaşlarımı çattım.

Büyük boyutlu elektronik tablom buruşmuştu.

Bilgisayar ekranında yabancı dile benzeyen bir karakter karmaşası vardı.

Zımba ve kalem kovası da kayıptı.

En azından o beni baştan çıkarmadan önce raporumu saklayacak kadar akıllıydım.

Bahsedilen öğeler bilgisayarımın yanına yerleştirilen iki büyük erkek eli ile birdenbire yeniden ortaya çıktı.

Bu daha önce duyduğu sesti.

Neredeyse ağır çekimde başımı kaldırdım ve özel dikilmiş yeleğin ona ne kadar iyi oturduğunu inceledim ve ardından onun karanlık bakışlarına kilitlendim.

Uzun bir süre Robert ve ben birbirimize baktık.

Ağzının kenarı hâlâ büküktü.

Nabzımın hâlâ hızla attığını fark ettim.

Körü körüne arkama uzandıktan sonra kol dayanaklarından birini buldum ve sandalyeyi yerine geri koydum.

Bilgisayara yazdığı anlamsız şeyleri silmek için oturup konuştuğum zamana kadar değildim .

"Ne yapıyorsun Erika?"

Birkaç kez onunla monitör arasında ileri geri baktım.

"Raporumu bitirmeyi böldünüz. Salı sabahı teslim edilmesi gerekiyor ve bu hafta sonu onu eve götürmeyeceğim."

Daha önce olduğu gibi aynı ziyaretçi koltuğuna oturmadan önce gömleğinin manşetlerini ve yeleğinin uçlarını çekiştirdi ve sağ dizini sol dizi üzerine attı.

"Ah, ne yapıyorsun Robert?"

Kendine özgü kravatının düğümünü boynuna daha yakın olacak şekilde ayarladı ve sonra ellerini kucağında birleştirdi.

"Raporunu bitirmeni bekliyorum."

Bir kaşımı kaldırdım.

"Böylece?"

Robert bana zarif bir gülümsemeyle karşılık verdi.

" Elbette, arkadan tarama için daha rahat bir ortamda buna devam etmeden önce onu akşam yemeğine götürmek için. Eğer bu sizi memnun ederse Bayan Sanders."

Nabzımda bir sıçrama ve dudaklarımın kenarında bir seğirmeyle monitörüme geri döndüm.

"Çok güzel Bay Gonzalez. Beş dakika içinde buradaki işiniz biter."

SON